TOKYO Revengers

KEN WAKUI

SIDE STORIES 1

SO YOUNG

TABLE DES MATIÈRES

Épisode Bonus [Zero]

JE SUIS NÉ DANS LE QUARTIER ROUGE DE SHIBUYA.

JE SAIS PAS QUI EST MON PÈRE. MA MÈRE FAISAIT LE TAPIN. ELLE M'A ABANDONNÉ QUAND J'AVAIS DEUX ANS.

JE VIVAIS DANS UN BORDEL MAQUILLÉ EN PSEUDO-SALON DE MASSAGE.

J'ÉTAIS EN CM2.

*École primaire n° 4 de Shibuya

J'AVAIS GRANDI AU MILIEU DES SERVIETTES ROSES ET DES ODEURS DE LOTIONS.

JE M'APPELLE PAS KEN.
MOI, C'EST DRAKEN !

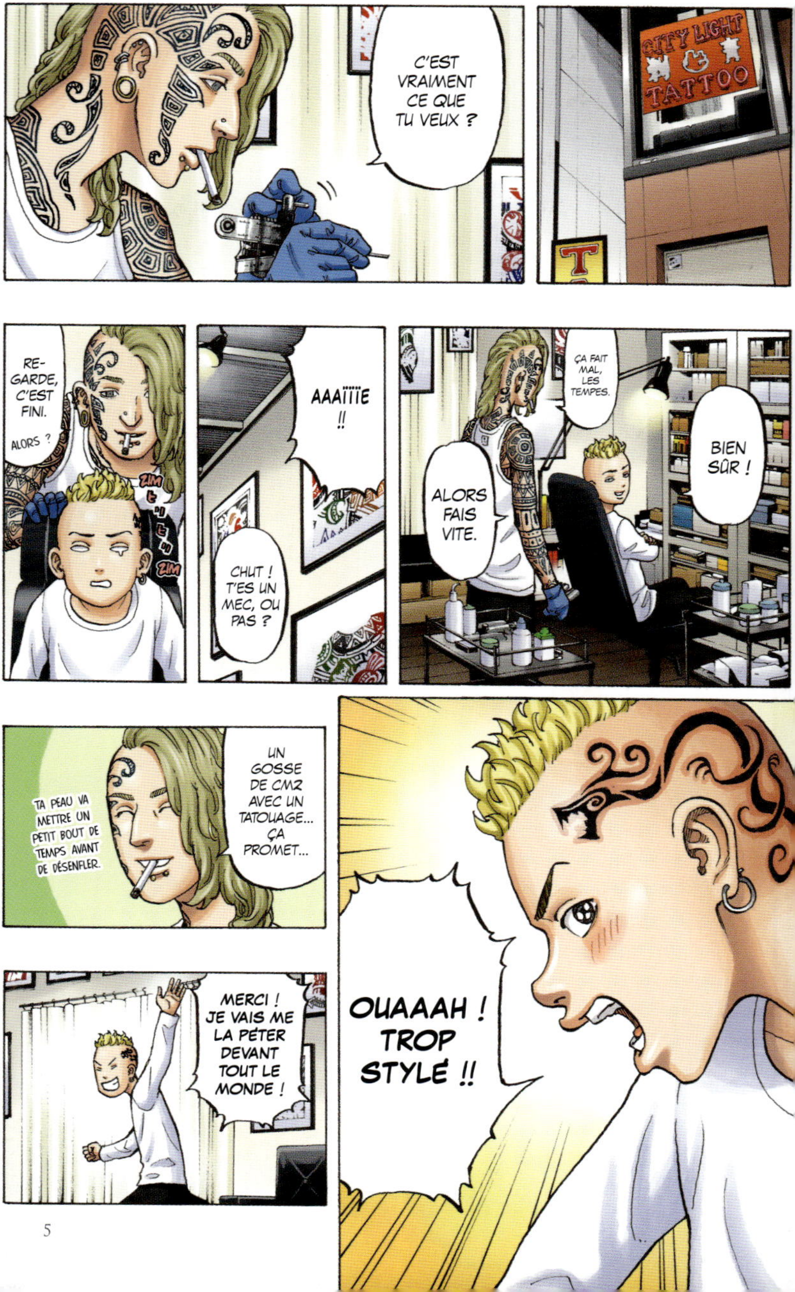
CITY LIGHT TATTOO
C'EST VRAIMENT CE QUE TU VEUX ?
ÇA FAIT MAL, LES TEMPES.
BIEN SÛR !
ALORS FAIS VITE.
AAAÏÏÏE !!
CHUT ! T'ES UN MEC, OU PAS ?
ZIM
ZIM
RE-GARDE, C'EST FINI.
ALORS ?
OUAAAH ! TROP STYLÉ !!
UN GOSSE DE CM2 AVEC UN TATOUAGE... ÇA PROMET...
TA PEAU VA METTRE UN PETIT BOUT DE TEMPS AVANT DE DÉSENFLER.
MERCI ! JE VAIS ME LA PÉTER DEVANT TOUT LE MONDE !

J'ÉTAIS PLUS GRAND QUE LA PLUPART DES MECS DU COLLÈGE.
WAAAT-CHAAA !!
BADAM
BADAM
BADAM
BADAM
PLAF
JE SUIS KEN RYUGUJI, DE LA PRIMAIRE N°4 DE SHIBUYA !
ON M'APPELLE DRAKEN !!
EN CM2, AVEC MON TATOUAGE, PRESQUE TOUS LES COLLÉGIENS S'ÉCRASAIENT DEVANT MOI.
SI VOUS VOYEZ CE DRAGON, BARREZ-VOUS !

HÉ, KEN...
TU TE LA RACONTES BEAUCOUP, CES DERNIERS TEMPS...
PARAÎT QUE TU TE BATS AVEC DES MECS DU COLLÈGE ?!
TU VEUX QU'ON T'EXPLIQUE LA VIE ?
ÇA, C'EST LA BANDE DE SAMEYAMA. ILS FAISAIENT LA LOI DANS LE QUARTIER.
'SCUSE...
UNE FOIS, ILS M'AVAIENT FOUTU EN SLIP POUR ENSUITE ME MARAVE. DEPUIS, JE LA RAMENAIS PAS DEVANT EUX.
UN AUTRE QUI SE LA RACONTE GRAVE, C'EST MIKEY, DE LA PRIMAIRE N° 7...
GASP

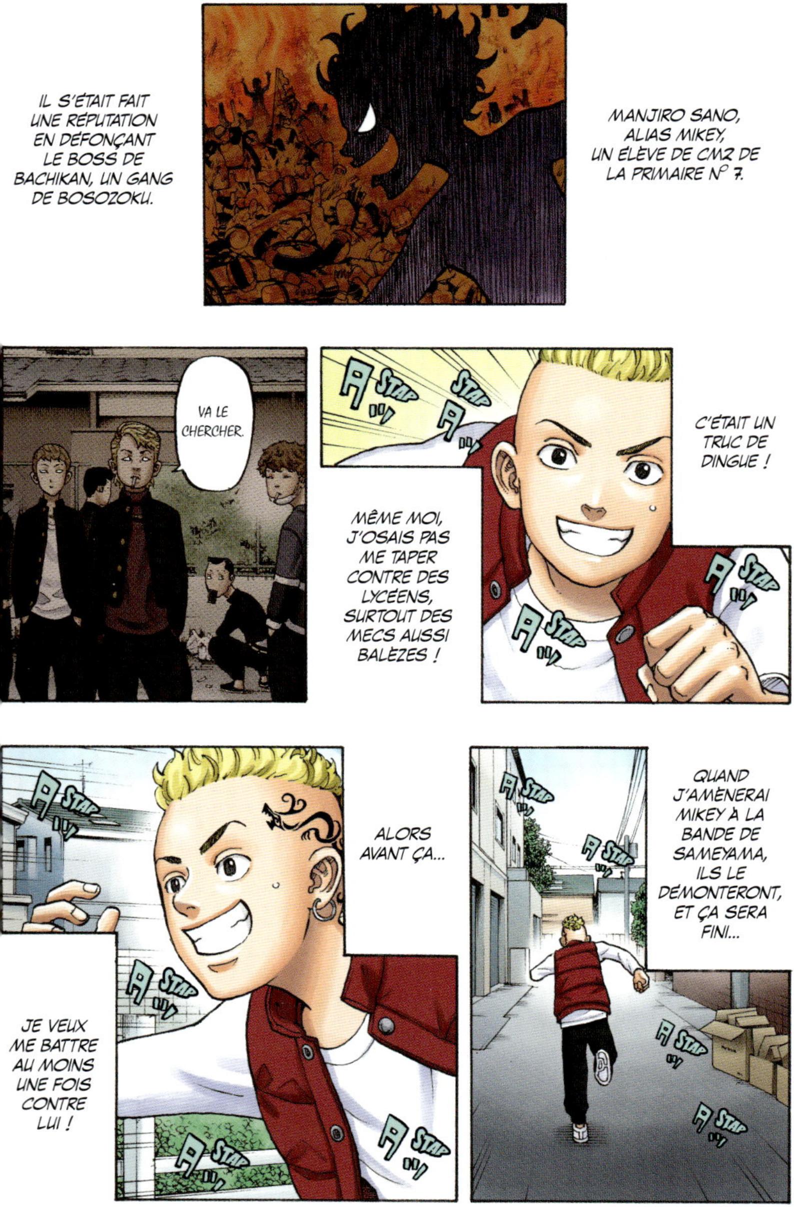
MANJIRO SANO, ALIAS MIKEY, UN ÉLÈVE DE CM2 DE LA PRIMAIRE N° 7.
IL S'ÉTAIT FAIT UNE RÉPUTATION EN DÉFONÇANT LE BOSS DE BACHIKAN, UN GANG DE BOSOZOKU.
STAP
STAP
C'ÉTAIT UN TRUC DE DINGUE !
MÊME MOI, J'OSAIS PAS ME TAPER CONTRE DES LYCÉENS, SURTOUT DES MECS AUSSI BALÈZES !
STAP
STAP
VA LE CHERCHER.
QUAND J'AMÈNERAI MIKEY À LA BANDE DE SAMEYAMA, ILS LE DÉMONTERONT, ET ÇA SERA FINI...
STAP
STAP
STAP
STAP
ALORS AVANT ÇA...
JE VEUX ME BATTRE AU MOINS UNE FOIS CONTRE LUI !
STAP
STAP
STAP
STAP

HÉ !
GASP
T'ES DE LA PRIMAIRE N° 7, PAS VRAI ?
JE CHERCHE UN MEC QUI S'APPELLE MIKEY, TU LE CONNAIS ?
EUH... JE VIENS DE LE CROISER ...
AH !
LE VOILÀ...
HEIN ?
GULP

HM ? QUOI ?
ROLL
JE LE VOYAIS PAS DU TOUT COMME ÇA !
JE PENSAIS QUE C'ÉTAIT UN MONSTRE, BEAUCOUP PLUS GRAND ET BEAUCOUP PLUS STOC QUE MOI !
C'EST UN NABOT, EN FAIT !!
STAP
STAP
STAP
C'EST JUSTE UN GAMIN !
IL S'APPROCHE DE MOI...
STAP
STAP
STAP
HÉ...
IL VEUT QU'ON SE FRITE ?!
JE FAIS QUOI ?!

T'AS DÉJÀ ENTENDU PARLER DES QUARANTE-HUIT POSITIONS SEXUELLES ? À MON AVIS, Y EN A PAS TANT QUE ÇA...
ROLL
...
...
ROLL
ROLL
HEIN ?
MOI, J'EN AI COMPTÉ MOINS DE QUARANTE.
ET TOI ?
B... BEN, EUH...
DE QUOI TU PARLES ?

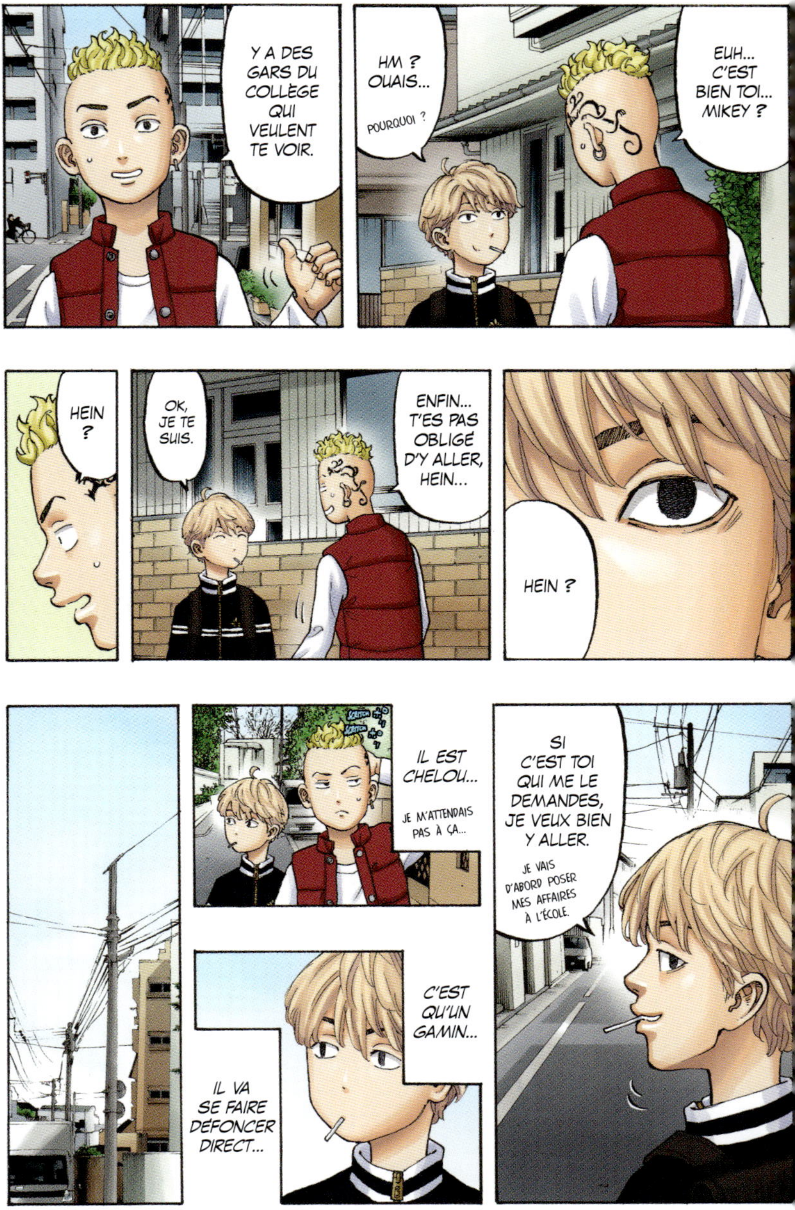
EUH... C'EST BIEN TOI... MIKEY ?
HM ? OUAIS...
POURQUOI ?
Y A DES GARS DU COLLÈGE QUI VEULENT TE VOIR.
HEIN ?
ENFIN... T'ES PAS OBLIGÉ D'Y ALLER, HEIN...
OK, JE TE SUIS.
HEIN ?
SI C'EST TOI QUI ME LE DEMANDES, JE VEUX BIEN Y ALLER.
JE VAIS D'ABORD POSER MES AFFAIRES À L'ÉCOLE.
SCRITCH SCRITCH
IL EST CHELOU...
JE M'ATTENDAIS PAS À ÇA...
C'EST QU'UN GAMIN...
IL VA SE FAIRE DÉFONCER DIRECT...

YO...
OH !
JE L'AI RAMENÉ.
C'EST LUI, MIK...
WUSH
HEIN ?
À PEINE ARRIVÉ...
MIKEY S'EST MIS À COURIR VERS SAMEYAMA...

ET IL A BONDI.
SCRAC
SPLARF
ALORS, BANDE DE BALTRINGUES SANS PERSON-NALITÉ...

Y A UN PROBLÈME ?
C'EST MOI, MIKEY DE LA PRIMAIRE N° 7.
TOUS LES AUTRES ONT HALLUCINÉ DEVANT MIKEY...
SAMEYAMA AVAIT LA GUEULE COMPLÈTEMENT DÉFONCÉE.
GNRF
GNRF

PUTAIN !!
TROP STYLÉ...
C'EST TOI, DRAKEN ?
HEIN ?
POURQUOI UN MEC AUSSI COOL QUE TOI...
TRAÎNE AVEC CE GENRE DE BOUFFONS ?

VIENS PLUTÔT AVEC MOI, KENNYCHOU !!
C'EST AINSI QUE LE FONDATEUR DU TOKYO MANJIKAI ET SON BRAS DROIT SE SONT RENCONTRÉS.

TOKYO Revengers

SO YOUNG

43e épisode [In those days]

FAUT QU'ON ATTENDE L'AUTRE...
PÊT
PÊT
PÊT
PÊT
PÊT
PÊT
PÊT
MIKEYYY !!

HO, MIKEY !
T'AS L'INTENTION DE ROULER EN SCOOTER ENCORE LONGTEMPS ? T'ES LE PRÉSIDENT DU CLAN, JE TE RAPPELLE !
IL SERAIT TEMPS QUE TU CONDUISES UNE VRAIE MOTO.
PARLE PAS COMME ÇA DE MA BÉCANE ADORÉE.
C'EST "HAWK", UNE VERSION 50 CM3 DE LA CB250T !
EUH... C'EST UN SCOOTER DIO, TON TRUC.
TU REFUSES DE CONDUIRE AUTRE CHOSE QU'UNE CB250T...
MAIS JE VOIS PAS QUI POURRAIT T'EN FILER UNE... LÂCHE L'AFFAIRE, MEC !
VROOOM
VOOM
VOUS AVEZ VU ÇA, LES GARS ?!
OUAH, SÉRIEUX ?!

VISEZ-MOI CE NABOT EN UNIFORME AVEC SON SCOOTER !
VROOM
VROOM
VOUS ÊTES SUR NOTRE TERRITOIRE, BANDE DE BRANLEURS.
LE TOKYO MANJIKAI ? JAMAIS ENTENDU PARLER.
SI C'EST POUR JOUER À LA DÎNETTE, RESTEZ CHEZ VOUS !
CASSEZ-VOUS !
ALLEZ, POUR FÊTER NOTRE RENCONTRE...
JE VAIS DÉFONCER TON SCOOTER DE MERDE...
T'EN AS PAS BESOIN, T'FAÇON.

SI TU POSES UN SEUL DOIGT SUR MON HAWK ADORÉ...
JE TE CRÈVE, OK ?
HEIN ?
...
BAH... ÇA IRA POUR CETTE FOIS...
MAIS SI ON VOUS REVOIT DANS LE COIN...
HA HA HA !!
ON CRAME VOS BÉCANES, C'EST CLAIR ?
HA HA HA !
RENTREZ FAIRE VOS DEVOIRS !

ON FAIT QUOI ? ON LES DÉFONCE ?
OUAIS !
ILS SONT QUE DIX, ON VA LES FUMER EN DEUX-DEUX.
LÂCHEZ L'AFFAIRE, ILS SE SONT BARRÉS.
MOI, JE M'EN FOUS, DE TOUTE FAÇON.
どん
DOM
TOUT ÇA, C'EST DE LA FAUTE DE MIKEY ET DE SON SCOOTER POURRAVE.
C'EST CLAIR !!
HA HA HA HA HA !
HEIN ? DE QUOI ?
BANDE DE PETITS JOUEURS...
LES BOLOSS COMME ÇA, FAUT LES MARAVE SANS SE POSER DE QUESTIONS.

TU L'AS DIT !
À FORCE DE TRAÎNER AVEC MIKEY ET DRAKEN...
ON EST DEVENUS TROP SYMPAS...
HA HA... SI J'AVAIS ÉTÉ TOUT SEUL, JE LES AURAIS DÉMONTÉS DIRECT !
PUF
HEIN ?
PUF
QU'EST-CE QU'Y A ?
JE SUIS À SEC...
J'Y CROIS PAS !!
ON T'AVAIT DIT QU'ON PARTAIT LOIN !
T'ES VRAIMENT PAS PRÉVOYANT, PUTAIN...
CHERCHE UNE STATION-SERVICE.
NOUS, ON VA À LA PLAGE.
PAS SI VITE, LES MECS !!

ON EST TOUS CONCERNÉS !!
どーん
DOOOM
HEIN ?
NAN, NAN... C'EST TON PROBLÈME, TU TE DÉMERDES...
JE SUIS PAS TOUT SEUL, DANS CETTE GALÈRE !!
AUTREMENT DIT, POUR SAVOIR QUI VA À LA STATION-SERVICE...
GWO
NON... ME DIS PAS QUE... T'ES SÉRIEUX, LÀ ?
ET MERDE...
ON VA JOUER ÇA À PIERRE-FEUILLE-CISEAUX !!
J'EN ÉTAIS SÛR !!
C'EST VRAIMENT N'IMPORTE NAWAK...

FAIT CHIER...
QUEL CAGNARD...
POURQUOI JE ME TAPE LE SALE BOULOT ?
IL VA ME LE PAYER, CE PETIT BLAIREAU !
OOOH !!
LA MEEER !

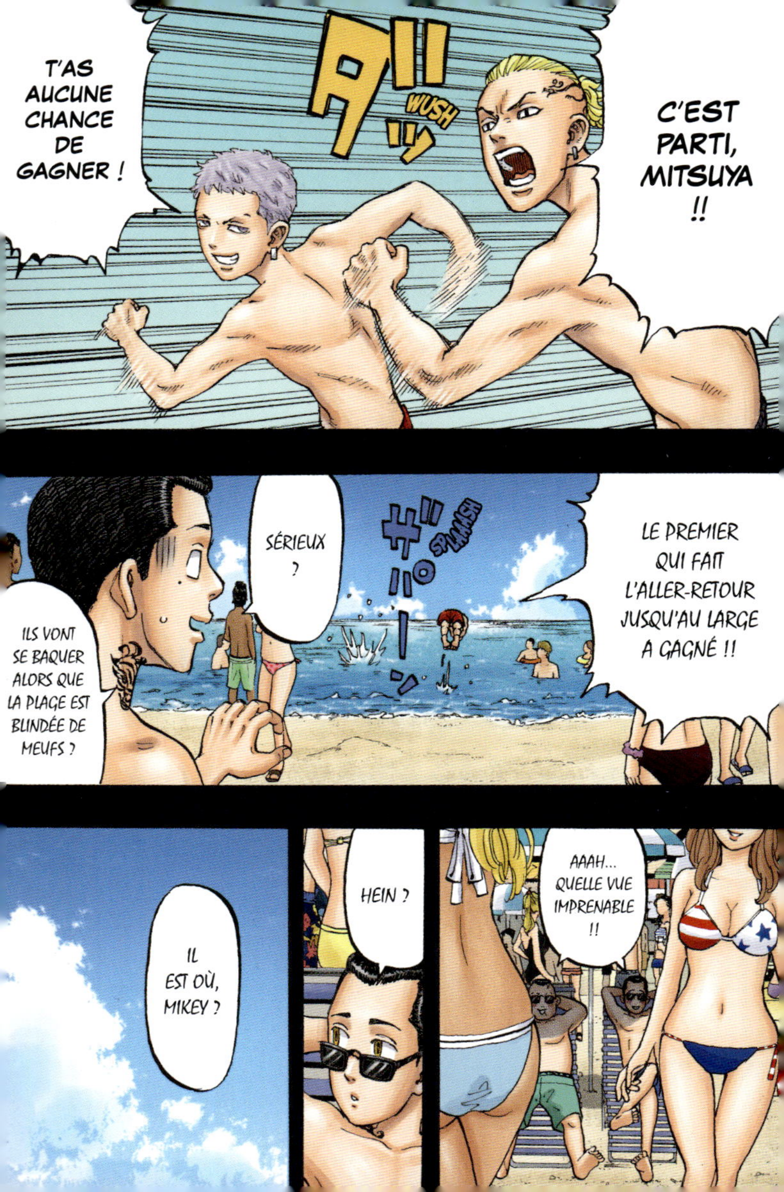
C'EST PARTI, MITSUYA !!
WUSH
T'AS AUCUNE CHANCE DE GAGNER !
LE PREMIER QUI FAIT L'ALLER-RETOUR JUSQU'AU LARGE A GAGNÉ !!
SPLASH
SÉRIEUX ?
ILS VONT SE BAQUER ALORS QUE LA PLAGE EST BLINDÉE DE MEUFS ?
AAAH... QUELLE VUE IMPRENABLE !!
HEIN ?
IL EST OÙ, MIKEY ?

HAA HAA
VROM VROOOM
OH PUTAIN, LES MECS !
VROM VRR VRR VRR VRR VRR VROM VRR
C'EST UN DES BALTRINGUES DE TOUT À L'HEURE !
T'ES À SEC, OU QUOI ?!
T'ES TOUT SEUL ?
ON VOUS AVAIT POURTANT PRÉVENUS QU'ON CRAMERAIT VOS BÉCANES SI VOUS REVENIEZ DANS LE COIN !

HAA
HAA
IL LÂCHE PAS L'AFFAIRE, CE BÂTARD !
ON N'A QU'À NIQUER SA BÉCANE !!
RAAAH !!
BAM
J'Y CROIS PAS...

BANDE D'ENFOIRÉS ...
SI VOUS TOUCHEZ À LA BÉCANE DE MIKEY, VOUS ÊTES MORTS !!
HEIN ?
IL Y TIENT TANT QUE ÇA, À SON SCOOTER ?
DÉFONCEZ-LE !!
FRSH
HÉ !
TIENS... V'LÀ UN AUTRE BOLOSS...
JE ME SOUVIENS DE CE NABOT...
TAC
TAC
J'AI OUBLIÉ MON MAILLOT DE BAIN...
MIKEY...

BLAAANG
HEIIIN ?!
QU'EST-CE QUE TU FOUS ?!
POURQUOI T'AS SHOOTÉ DANS TON SCOOTER ?!

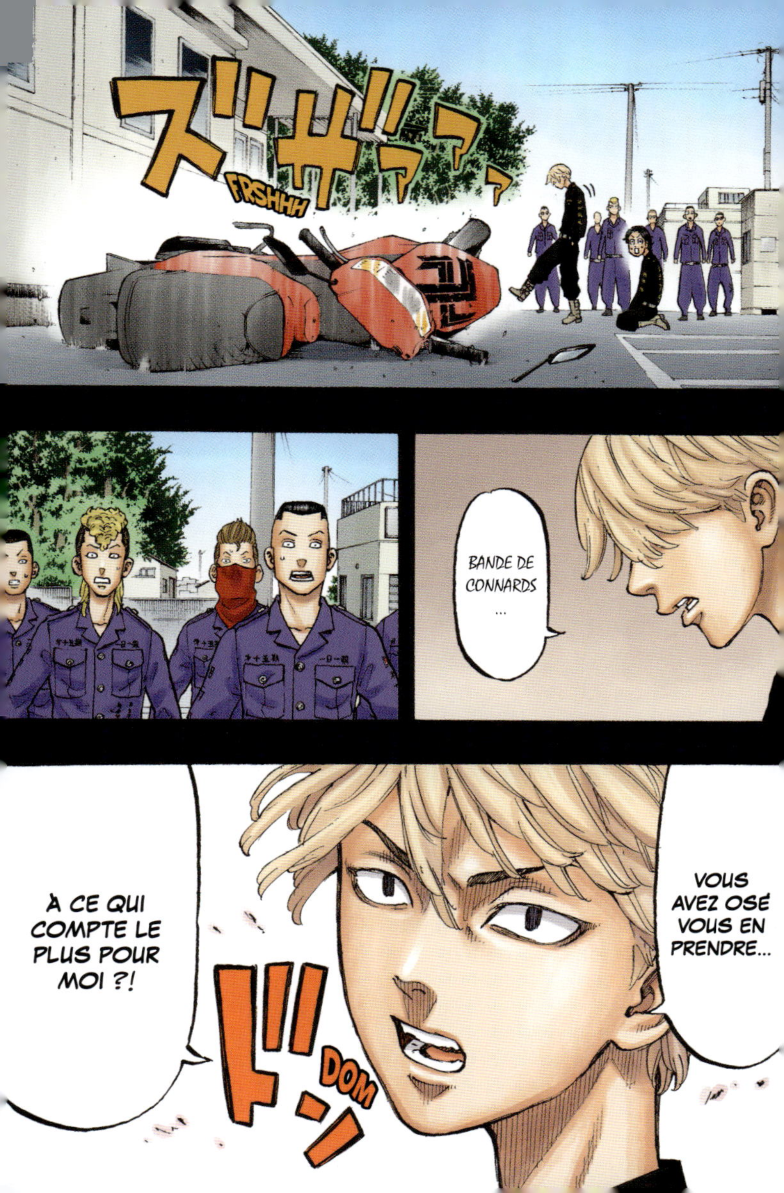
ズザァァァ
FRSHHH
BANDE DE CONNARDS …
VOUS AVEZ OSÉ VOUS EN PRENDRE…
À CE QUI COMPTE LE PLUS POUR MOI ?!
ドン
DOM

DOM
MAIS TU VIENS DE...
!!
DOM
BOM
FRSHHH
ÇA VA, BAJI ?
T'AS PAS PRIS TROP CHER ?

T'AURAIS PAS DÛ TE SACRIFIER POUR CE TAS DE FERRAILLE.
DÉSOLÉ, MEC !
東京卍
MIKEY...
TU PEUX TE RELEVER ?
HÈ HÈ !
TOI ET MOI...
ON VA MASSACRER CES BOUFFONS !!

東京卍會
C'EST À CETTE ÉPOQUE...
QUE MIKEY EST DEVENU INTOUCHABLE. DEPUIS, IL A TOUJOURS EU UN PUTAIN DE STYLE.
13 août 2003
VRAOOM
VRAOOM
HÉ, KAZUTORA...
ON VA OÙ, COMME ÇA ?

C'EST BIENTÔT L'ANNIV' DE MIKEY, PAS VRAI ?
ON VA CHERCHER SON CADEAU !
UNE CB250T !
!
MAIS PERSONNE EN A UNE À NOUS FILER...
T'INQUIÈTE !!
SCRII
C'EST LÀ.
HEIN ?
UN MAGASIN DE BÉCANES ?

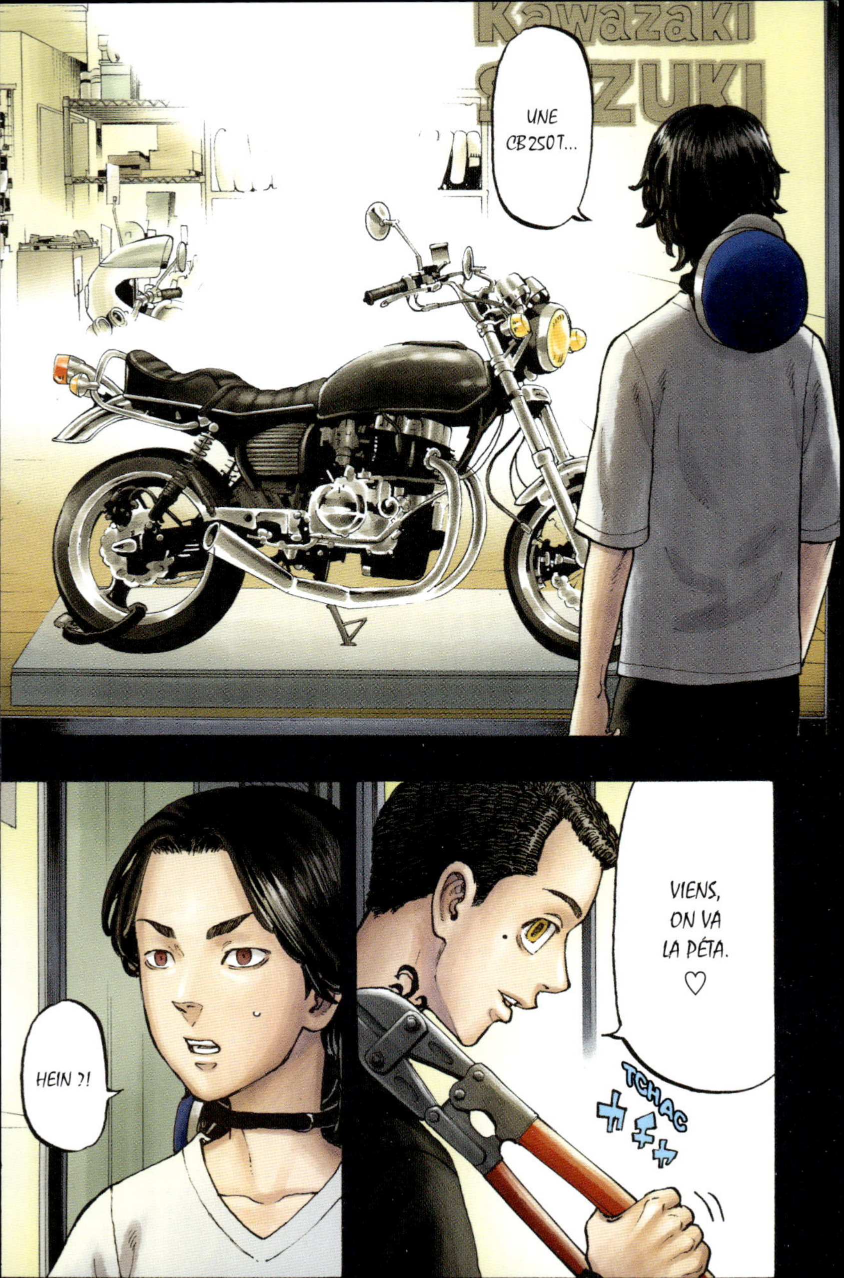
Kawazaki
UNE CB250T...
VIENS, ON VA LA PÉTA. ♡
TCHAC
HEIN ?!

TOKYO Revengers

S O Y O U N G

63e épisode [One for all]

VRRRAAAM
C'EST LA PLUS STYLÉE DE TOUT TOKYO !
VOOOM
LA PLUS STYLÉE DE TOKYO ?
VOOOM
MOI, MA BÉCANE, C'EST LA PLUS STYLÉE DE TOUT LE JAPON.
VOOOM
VOOOM
Draken 13 ans
VOOOM
VOOOM

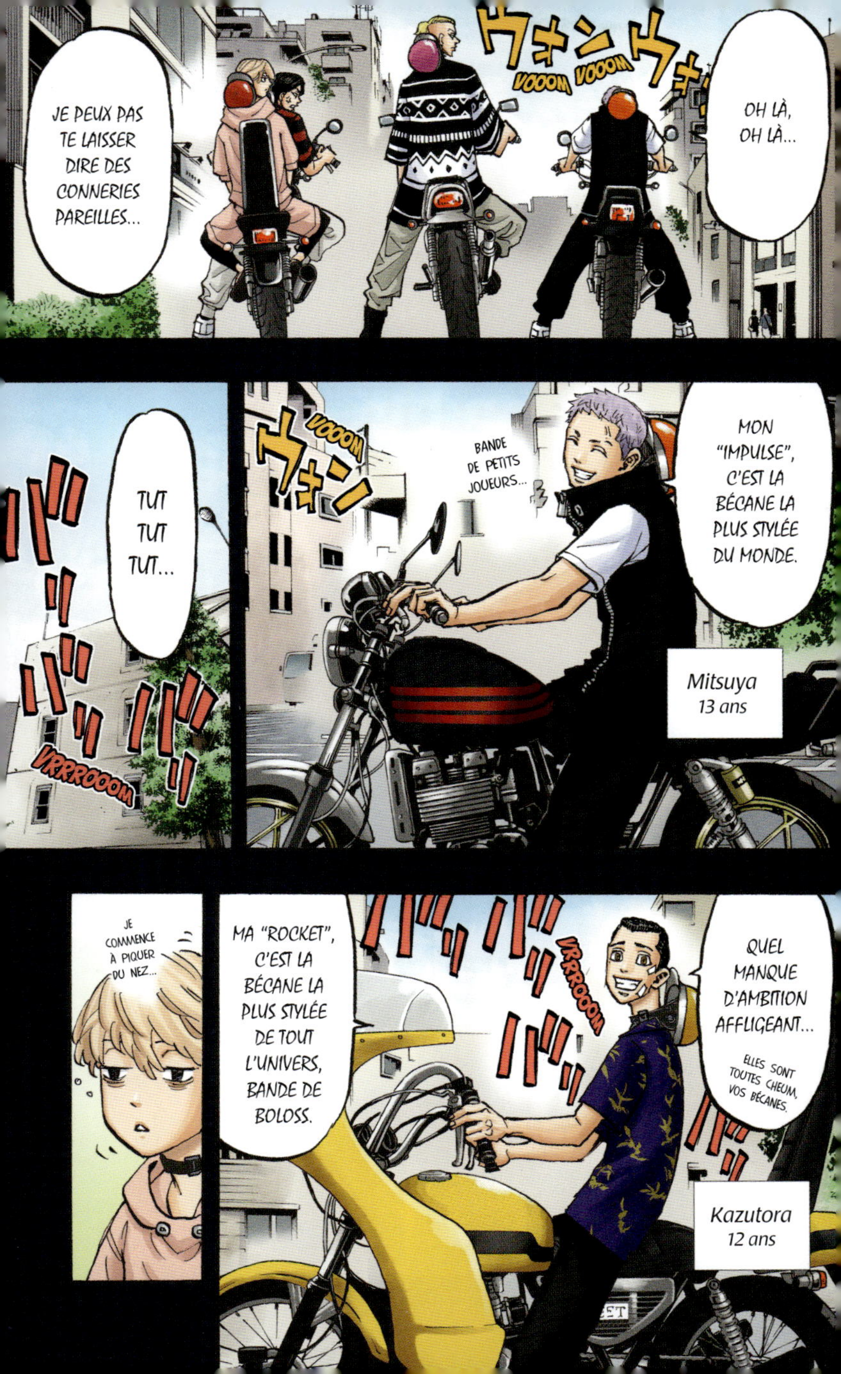

OH LÀ, OH LÀ...
VOOOM VOOOM
JE PEUX PAS TE LAISSER DIRE DES CONNERIES PAREILLES...
MON "IMPULSE", C'EST LA BÉCANE LA PLUS STYLÉE DU MONDE.
BANDE DE PETITS JOUEURS...
Mitsuya 13 ans
VOOOM
TUT TUT TUT...
VRRROOOM
QUEL MANQUE D'AMBITION AFFLIGEANT...
ELLES SONT TOUTES CHEUM, VOS BÉCANES.
VRRROOOM
Kazutora 12 ans
MA "ROCKET", C'EST LA BÉCANE LA PLUS STYLÉE DE TOUT L'UNIVERS, BANDE DE BOLOSS.
JE COMMENCE À PIQUER DU NEZ...

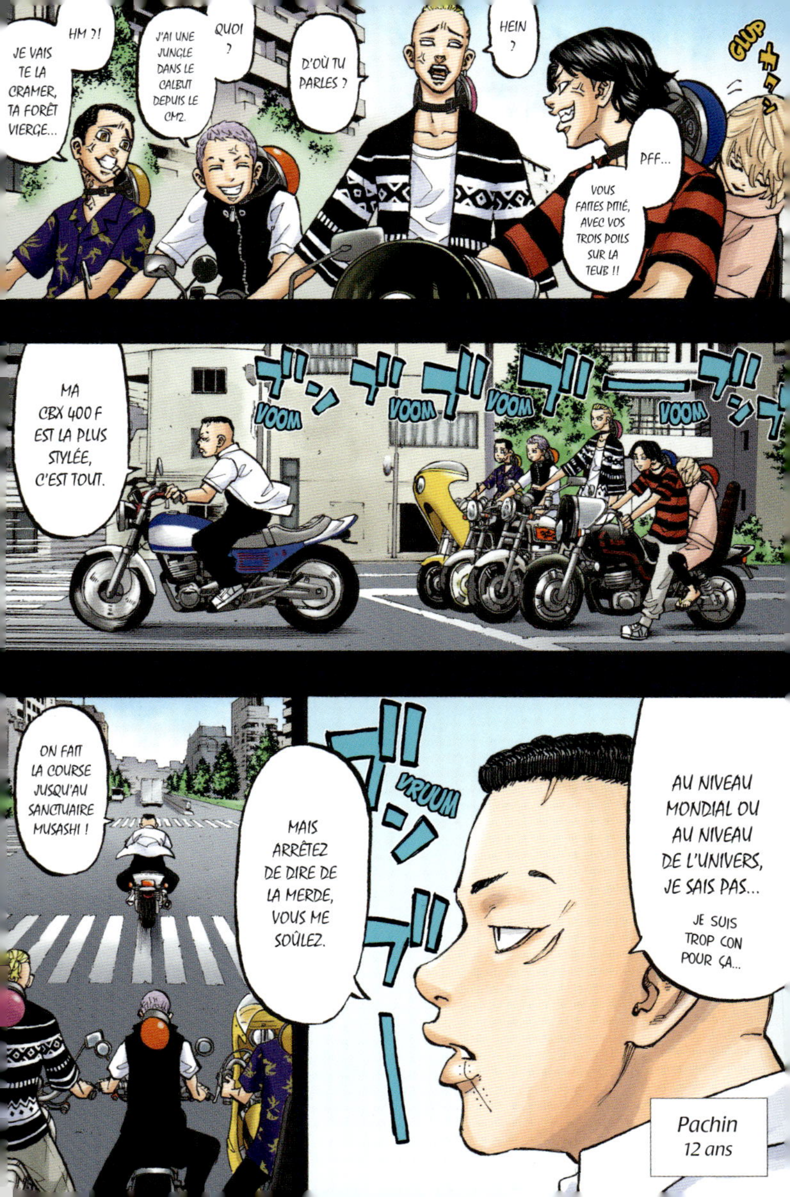
CLUP
HEIN ?
PFF...
VOUS FAITES PITIÉ, AVEC VOS TROIS POILS SUR LA TEUB !!
D'OÙ TU PARLES ?
QUOI ?
J'AI UNE JUNGLE DANS LE CALBUT DEPUIS LE CM2.
HM ?!
JE VAIS TE LA CRAMER, TA FORÊT VIERGE...
VOOM
VOOM
VOOM
VOOM
MA CBX 400 F EST LA PLUS STYLÉE, C'EST TOUT.
AU NIVEAU MONDIAL OU AU NIVEAU DE L'UNIVERS, JE SAIS PAS...
JE SUIS TROP CON POUR ÇA...
Pachin
12 ans
VRUUM
MAIS ARRÊTEZ DE DIRE DE LA MERDE, VOUS ME SOÛLEZ.
ON FAIT LA COURSE JUSQU'AU SANCTUAIRE MUSASHI !

HÉ, ATTENDS ! T'ABUSES, PACHIN !
VRAAAM
VUM
D'OÙ TU NOUS PRENDS DE HAUT ?
BÂTARD !
VUM
VROOOM
JE TE PRENDS QUAND TU VEUX, CONNARD !
VOM
VOM
LE DERNIER ARRIVÉ AURA UN GAGE, OK ?
VRRROOOM
HÉ !
C'EST PAS LE MOMENT DE PIONCER, MIKEY !
ROOON
TU VAS TOMBER, BOUFFON !!
RÉVEILLE-TOI !
ROOON
HAA
HAA
ENFIN ARRIVÉS !
HAA
HAA
HAA

T'ES LE DERNIER.
QUELLE TORTUE !
C'EST PAS MA FAUTE ! L'AUTRE BLAIREAU ROUPILLE DEPUIS TOUT À L'HEURE !
LA PAUVRE EXCUSE...
TU FAIS TROP TIEP...
HMM ?
CLIP
ON EST ARRIVÉS ?
TU VOULAIS NOUS PARLER DE QUOI...
MIKEY ?

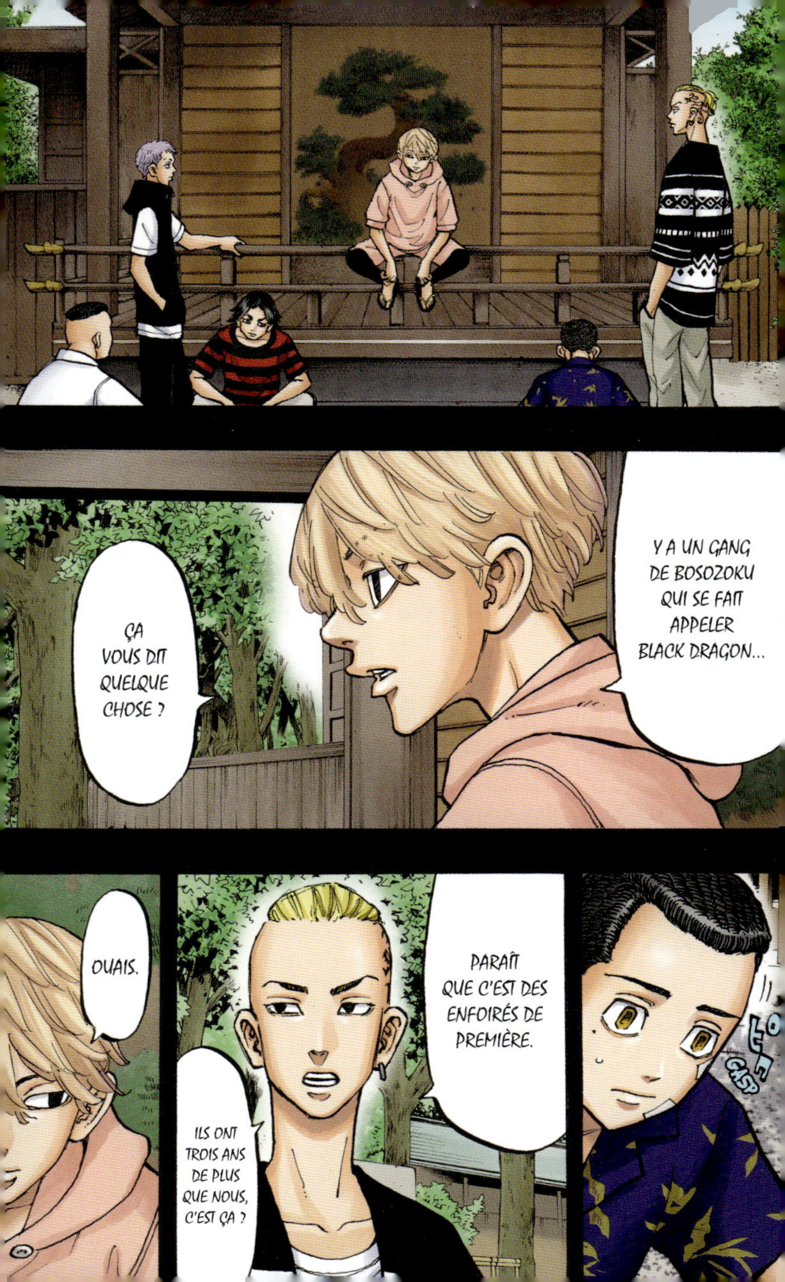
Y A UN GANG DE BOSOZOKU QUI SE FAIT APPELER BLACK DRAGON...
ÇA VOUS DIT QUELQUE CHOSE ?
GASP
PARAÎT QUE C'EST DES ENFOIRÉS DE PREMIÈRE.
ILS ONT TROIS ANS DE PLUS QUE NOUS, C'EST ÇA ?
OUAIS.

POURQUOI TU M'EN AS PAS PARLÉ...
KAZUTORA ?
!
BAJI M'A TOUT RACONTÉ.
TU T'ES PÉTA CONTRE EUX TOUT SEUL, PAS VRAI ?
HEIN ? KAZUTORA ?
J'Y CROIS PAS...
C'EST VRAI QU'IL HABITE SUR LE TERRITOIRE DES BLACK DRAGONS...
JE VOIS.

TU VEUX QU'ON SE TAPE CONTRE LES BLACK DRAGONS...
MIKEY ?
OUAIS.
ILS SONT HYPER NOMBREUX.
FSH
SI ON SE LES FAIT, IL NOUS FAUT UNE BONNE EXCUSE.
?
JE VOUS PROPOSE UN TRUC...
FSH

ET SI...
ON FONDAIT NOTRE PROPRE GROUPE DE BOSOZOKU ?
HEIN ?
DE QUOI ?
NOTRE GROUPE ?
OUAIS.
MAIS GRAVE !!
ÇA SERAIT TROP KIFFANT !
J'AI DÉJÀ RÉFLÉCHI À LA RÉPARTITION DES RÔLES.

LE PRÉSIDENT, CE SERA MIKEY, CELUI QUI RÈGNE SANS PARTAGE SUR LA TERRE ET LES CIEUX !!
DOM
ARRÊTE AVEC TES COMPLIMENTS...
EN CHARGE DE LA VICE-PRÉSIDENCE, DRAKEN, LE GRAND FRÈRE SUR QUI ON PEUT TOUJOURS COMPTER !!
MITSUYA, LE ROI DE LA MÉDIATION, S'OCCUPERA DE LA GARDE RAPPROCHÉE !
LE PORTE-ÉTENDARD, CE SERA PACHIN, AVEC SA FORCE INÉGALÉE !!

TOI ET MOI, ON SERA LA SECTION D'ASSAUT.
OK, KAZUTORA ?!
BOBOM
...
T'ES SÛR ?
ON VA FONDER UN LAN COMME ÇA, EN UN LAQUEMENT DE DOIGTS ?
MOI, J'AI DÉJÀ TROUVÉ UN BLASE.
HEIN ?! ÇA Y EST ?!

どーーん
LE TOKYO MANJIROKAI !!
C'EST TOUT NAZE !!
BAH... MÊME SI LE NOM EST POURRI, J'SUIS PARTANT !
HM ?
T'AS DIT QUOI ?
OUAIS... SI ON FORME UN VRAI CLAN, ÇA AURA DU SENS DE SE BATTRE TOUS LES SIX.
MÊME SI LE NOM EST POURRI.
SALAUD !
ENFIN NOTRE PROPRE CLAN...
JE SUIS GRAVE CHAUD !
MÊME SI LE NOM EST POURRI.
GRR
ENFOI-RÉS...
OK, ALORS C'EST DÉCIDÉ !

NOTRE DESTIN...
EST ENTRE TES MAINS.
À TOI D'OUVRIR UNE NOUVELLE ÈRE...
MIKEY.
...
COMPTE SUR MOI !
TU VOUDRAIS QU'IL RESSEMBLE À QUOI, CE CLAN ?
HMM ...
EH BEN...
...

JE VOUDRAIS QUE CHAQUE MEMBRE SOIT PRÊT À DONNER SA VIE POUR LES AUTRES.
VOILÀ LE GENRE DE CLAN DONT JE RÊVE.
MOI AUSSI !
ON N'A QU'À ACHETER UNE AMULETTE, EN SOUVENIR !

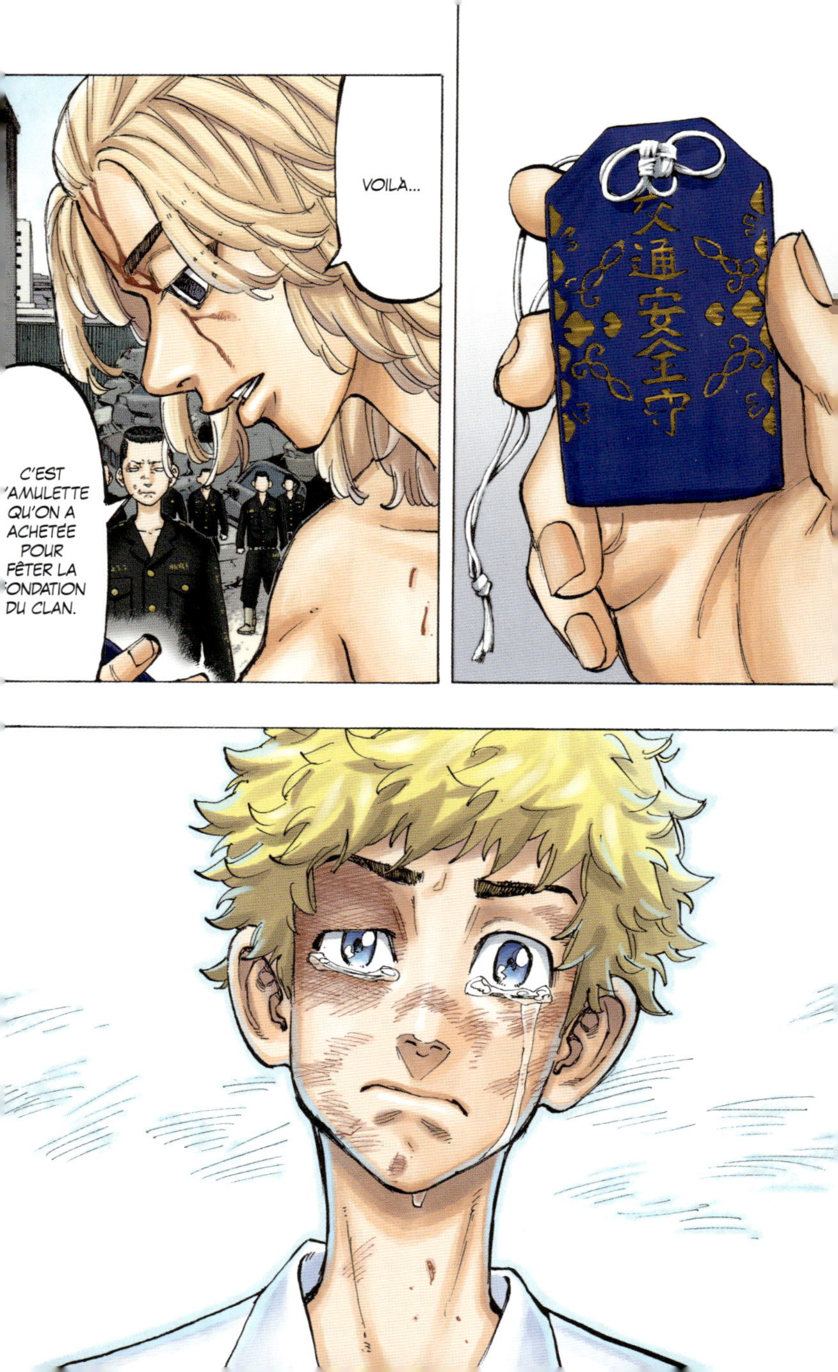
VOILÀ...
C'EST 'AMULETTE QU'ON A ACHETÉE POUR FÊTER LA ONDATION DU CLAN.
交通安全守

L'IDÉE DU TOMAN NE VIENT PAS DE MOI.
ELLE VIENT DE BAJI.
...
...
QUAND L'UN DE NOUS AVAIT DES EMMERDES, ON ÉTAIT CENSÉS VOLER À SON SECOURS.

QU'ON VEILLE TOUS LES UNS SUR LES AUTRES.
TOUT EST PARTI DE LÀ.

JE COMPRENDS MIEUX, MAINTENANT...
BAJI S'EST TOUJOURS BATTU SEUL...
唯我独尊
POUR RESTER FIDÈLE À CE QU'IL A DIT CE JOUR-LÀ...

PARDON...
BAJI...

67e épisode [Man-crush]

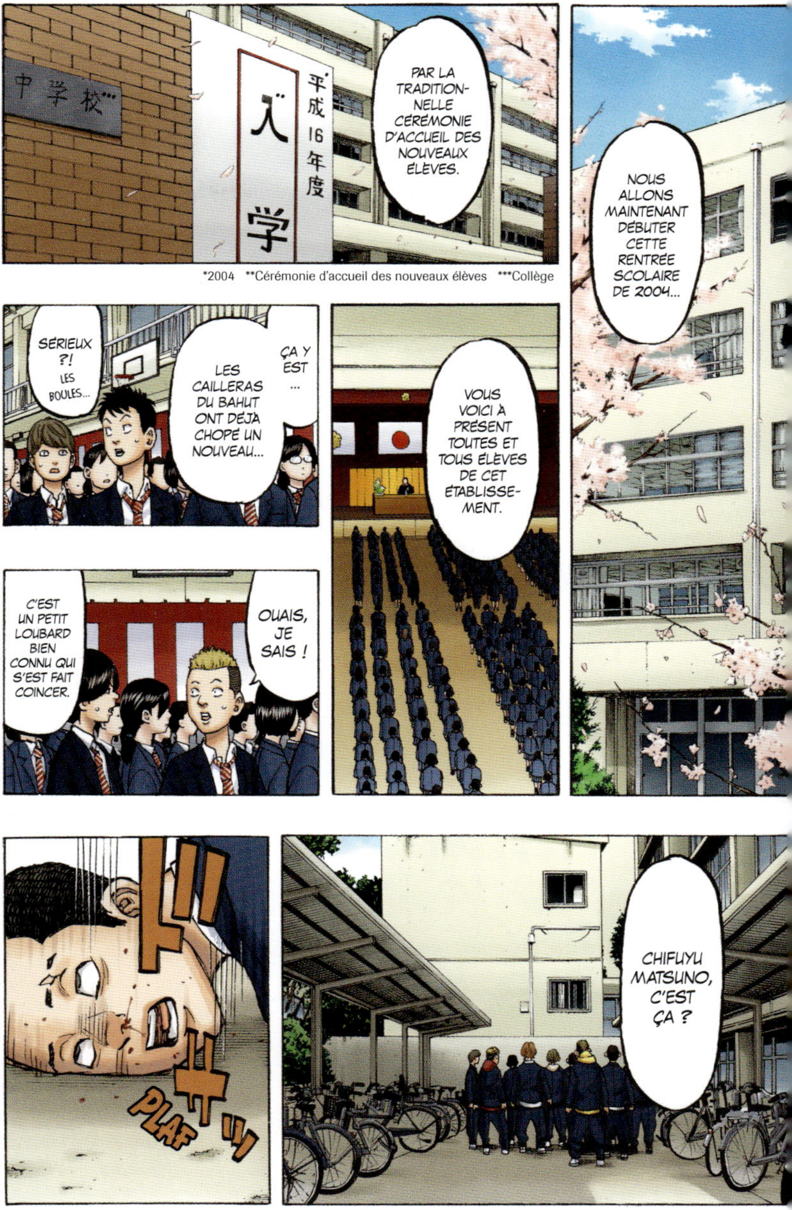

*2004 **Cérémonie d'accueil des nouveaux élèves ***Collège

DESOLE, MAIS JE PEUX PAS VOUS VOUVOYER...
LES GARS...
Chifuyu Matsuno 12 ans à l'époque
DOM
JE VOUS DOSE TOUS, ICI.

DOM
IIY
T'ES TROP FORT, CHIFUY !!
T'AS MÊME DÉFONCÉ DES 3E !
J'SUIS SÛR QUE TU POURRAIS RÉGNER SUR TOUT LE JAPON !
NAN, JE M'EN BALEK.
LES VIEUX LOUBARDS SONT TOUS DES CASSOS.
C'EST POUR ÇA QUE PERSONNE VEUT LES IMITER.

DING
DONG
DANG
DONG
HÉ, CHIFUYU !!
C'EST ÉNORME, MEC !
?
IL PARAÎT QU'Y A UN REDOUBLANT EN 5E - 3 !
UN REDOUBLANT !
HEIN ?
ÇA ARRIVE, DE REDOUBLER AU COLLÈGE ?
OUAIS ! MOI AUSSI, J'AI HALLUCINÉ !!
ÇA DOIT ÊTRE UNE BÊTE DE CAILLERA !
...
OUAIS, J'IMAGINE...
GULP

OK, C'EST PARTI !
FSH
JE VAIS LUI EXPLIQUER LA VIE AVANT QU'IL PRENNE CONFIANCE !
TU PEUX PAS T'EMPÊCHER DE MONTRER QUE T'ES LE PLUS FORT, HEIN ?
HÉ !
5E - 3
ROLL
VLAM
C'EST QUI, KEISUKE BAJI ?
FSH
HEIN ?

?!
SCRITCH
SCRITCH
SCRITCH
SCRITCH
DICTIONNAIRE DE LA LANGUE JAPONAISE
GLÉNAT
HEIN ?
OUI.
C'EST LUI ?
LE BIGLEUX AVEC LES VEUCHS EN ARRIÈRE ?
OUI.
GLING
どーんっ
DOOOM
FLIP
FLIP
HUM...
DICTIONNAIRE DE LA LANGUE JAPONAISE
GLÉNAT

VOUS AVEZ VU SA GUEULE DE PREMIER DE LA CLASSE ? POURQUOI IL A REDOUBLÉ ?
JE PARIE CENT YENS QU'IL S'EST FAIT HARCELER ET QU'IL A ARRÊTÉ DE VENIR EN COURS !
MOI, CENT YENS QU'IL EST RESTÉ ENFERMÉ CHEZ LUI TROP LONG-TEMPS !
CENT YENS QU'IL PENSAIT PAS AVOIR BESOIN D'ALLER EN COURS !
VOUS ÊTES TROP CONS... JE ME CASSE...
SCRITCH
JE VOIS !
C'ÉTAIT DONC ÇA...
SCRITCH
SCRITCH

HM ?
T'ES QUI, TOI ?
CHIFUYU MATSUNO, DE 5^{E} - 1.
CHIFUYU ...
MATSU-NO...
HÉ, LA GROSSE TÊTE.
Cher Kakutora
que tu vas bien.
La rantrer s'est
bien passée
collège est
C'EST QUOI, CE MOT ?
LA "REN-TRÉE".
ÇA S'ÉCRIT PAS COMME ÇA...
HEIN ?! C'EST PAS VRAI !

T'ES LOIN D'ÊTRE UN INTELLO...
ALORS POURQUOI CE LOOK ?
...
HEIN ?
JE PEUX PLUS ME PERMETTRE DE REDOUBLER.
MA MÈRE S'EN REMET-TRAIT PAS.
GRML
T'ES SÉRIEUX ?
SCRITCH カキ
SCRITCH カキ
VOILÀ. ÇA S'ÉCRIT COMME ÇA, LA RENTRÉE.
Rentrée
OOOH...
CIMER...
HÉ HÉ !
T'ES UN MEC COOL, TOI.

AU FAIT... JE ME DEMANDAIS...
HA HA HA !
T'ÉCRIS QUOI, DEPUIS TOUT À L'HEURE ?
...
UNE...
UNE LETTRE...
...
HEIN ?
T'AS UN CORRES-PONDANT, C'EST ÇA ?
LE BOLOSS...
TA GUEULE !!
OCCUPE-TOI DE TON CUL !!
JE VAIS TE DÉFON-CER !
ÇA Y EST, TU TE LÂCHES !!
HA HA...
FERME TA GUEULE, ENFOIRÉ !!
LÀ AUSSI, T'AS FAIT UNE FAUTE.
HEIN ?!
SÉRIEUX ?!

DING DONG DING DONG
HA HA HA !
TA GUEULE !!
LA BARRE !!
PAS VRAI, CHIFUYU ?!
...
T'AS L'AIR TOUT CHÉPER.
CHI-FUYU !
HMM ?
JE SAIS PAS POURQUOI, JE LE TROUVE CHELOU...
L'AUTRE BINOCLARD.
LAISSE TOMBER. DEMAIN, T'Y PENSERAS PLUS.
À DEMAIN !
OUAIS...
YO, MATSUNO !!
HMM ?

DOM
C'EST TOI QU'AS MIS LA MISÈRE À MON PETIT PROTÉGÉ, ESPÈCE DE BÂTARD ?
LE PRESIDENT DU CLAN DE BOSOZOKU MANDALA TE PARLE !
T'AS INTERÊT À T'ÉCRASER, SI TU TIENS À LA VIE...
MA-TSUNO.
AUJOURD'HUI, JE VAIS T'APPRENDRE À CAUSER ET À SALUER AVEC RESPECT, PETIT CON !
BOM

URGH...
WUP
AH...
DÉSOLÉ, DÉSOLÉ...
J'AI PAS FAIT EXPRÈS, JE VOULAIS JUSTE M'INCLINER DEVANT TOI.
VOUS ME PRENEZ EN TRAÎTRE À VINGT CONTRE UN ET VOUS JOUEZ AUX BOSOZOKU ?
CRAC
CRAC
BANDE DE TOCARDS.
PTEUH
GLOUPS

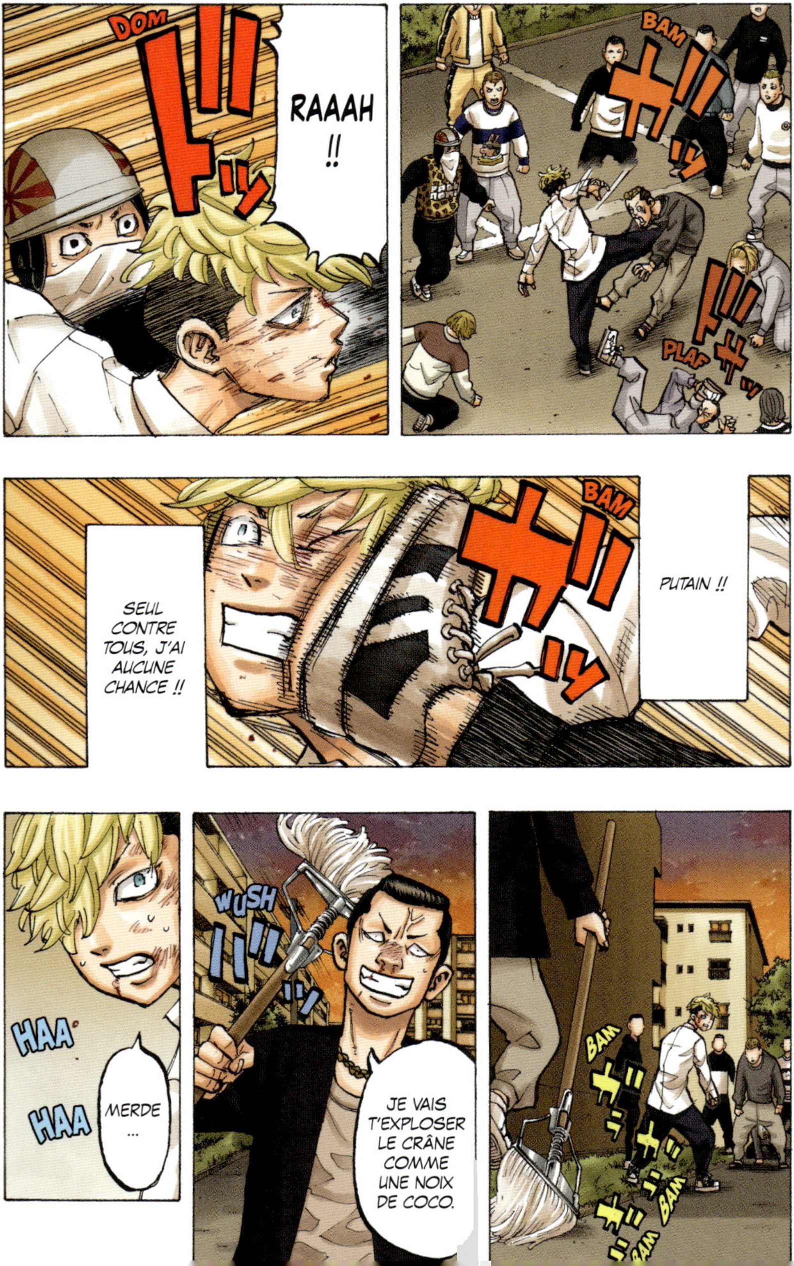
BAM
PLAF
RAAAH !!
DOM
PUTAIN !!
BAM
SEUL CONTRE TOUS, J'AI AUCUNE CHANCE !!
BAM
BAM
BAM
JE VAIS T'EXPLOSER LE CRÂNE COMME UNE NOIX DE COCO.
WUSH
MERDE ...
HAA
HAA

VOUS AVEZ DÉJÀ L'AVANTAGE DU NOMBRE ...
WUP
ALORS FAUT VRAIMENT ÊTRE UN BALTRINGUE POUR SORTIR UNE ARME.
QUOI ?! QU'EST-CE QUI T'ARRIVE, TOI ?!
!!
LE BINOCLARD ?!
GRAP
AH !! GRÂCE À TOI, J'AI PU ENVOYER MA LETTRE !
MERCI, HEIN !
TU M'ÉCOUTES, BORDEL ?!
CONNARD !
JE VAIS TE FILER UN PETIT COUP DE MAIN POUR TE REMERCIER !!
T'ES CON, OU QUOI ? T'AS RIEN À FOUTRE ICI...

DOM
CRIC
HEIN ?
IL L'A DÉFONCÉ EN UN COUP ?
FSH
JE SUIS LE CHEF DE LA PREMIÈRE BRIGADE DU TOKYO MANJIKAI...
FLAP

KEISUKE BAJI !!
BAM !!

IL LES A DÉFONCÉS TOUT SEUL...
DOM
J'Y CROIS PAS...
AH...
ÉCOUTEZ-MOI, BANDE DE MERDES...
HAA
HAA
HEIN ?

DANS LE TOMAN...
QUAND DES BALTRINGUES S'EN PRENNENT À L'UN DES NÔTRES, ON LES DÉFONCE DIRECT !
SOUVENEZ-VOUS-EN.
CE MEC, C'EST MON POTE.
SI VOUS LE TOUCHEZ ENCORE UNE FOIS...
JE MASSACRE TOUT VOTRE PUTAIN DE CLAN !!
O...
OK !!

CHIFUYU...
QUOI ?
TU KIFFES LES NOUILLES PEYOUNG ?

HEIN ?!
EUH ...
LA PREMIÈRE PERSONNE QUE J'AI TRAITÉE AVEC RESPECT...
O...
OUI !
C'ÉTAIT LUI.
MOI, J'HABITE ICI, AU 4E.
QUOI ?!
T'AS QU'A PASSER.
SÉRIEUX ?!
MOI, J'HABITE AU 1ER !!
HA HA... ON VIT DANS LE MÊME BÂTIMENT !
O... OUI !
LA PREMIÈRE PERSONNE QUE J'AI ADMIRÉE...
C'EST MOI, M'MAN !!
ET LA PREMIÈRE PERSONNE QUE J'AI EU ENVIE DE SUIVRE...

C'ÉTAIT ÉGALEMENT LUI.
HEIN ?!
IL RESTE PLUS QU'UN PAQUET DE PEYOUNG !
M'MAN !!
BAH, EUH...
C'EST BON, J'EN VEUX PAS.
KEISUKE BAJI.
...
ON N'A QU'A FAIRE MOITIÉ-MOITIÉ.

TOKYO
Revengers

SO YOUNG

122e épisode [Double Dragon]

CE SERA LE RETOUR DE LA TEAM DOUBLE DRAGON !
SCRITCH
SCRITCH
ÇA RAPPELLE DES SOUVE-NIRS, HEIN ?
LA TEAM DOUBLE DRAGON ...

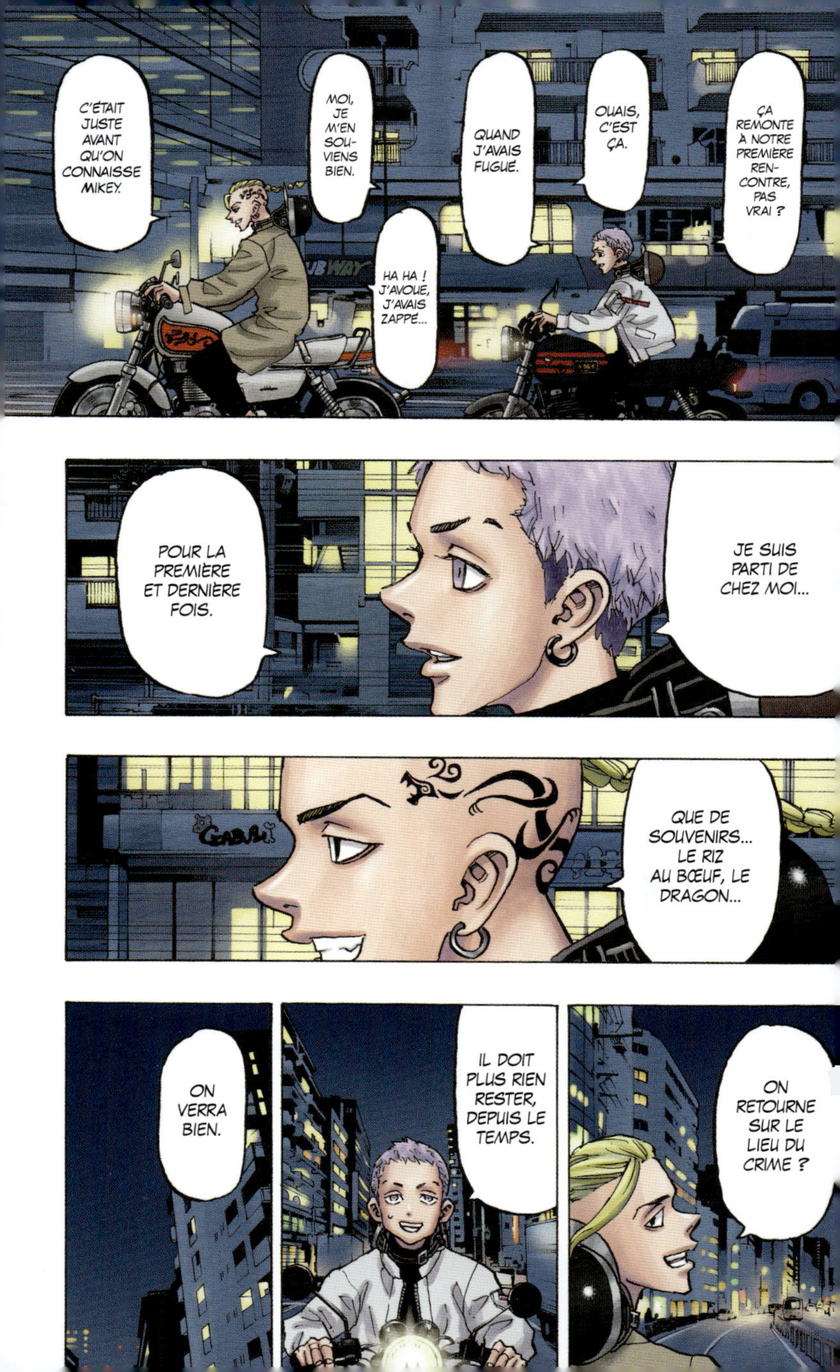
ÇA REMONTE À NOTRE PREMIÈRE RENCONTRE, PAS VRAI ?
OUAIS, C'EST ÇA.
QUAND J'AVAIS FUGUÉ.
HA HA ! J'AVOUE, J'AVAIS ZAPPÉ...
MOI, JE M'EN SOUVIENS BIEN.
C'ÉTAIT JUSTE AVANT QU'ON CONNAISSE MIKEY.
JE SUIS PARTI DE CHEZ MOI...
POUR LA PREMIÈRE ET DERNIÈRE FOIS.
QUE DE SOUVENIRS... LE RIZ AU BŒUF, LE DRAGON...
ON RETOURNE SUR LE LIEU DU CRIME ?
IL DOIT PLUS RIEN RESTER, DEPUIS LE TEMPS.
ON VERRA BIEN.

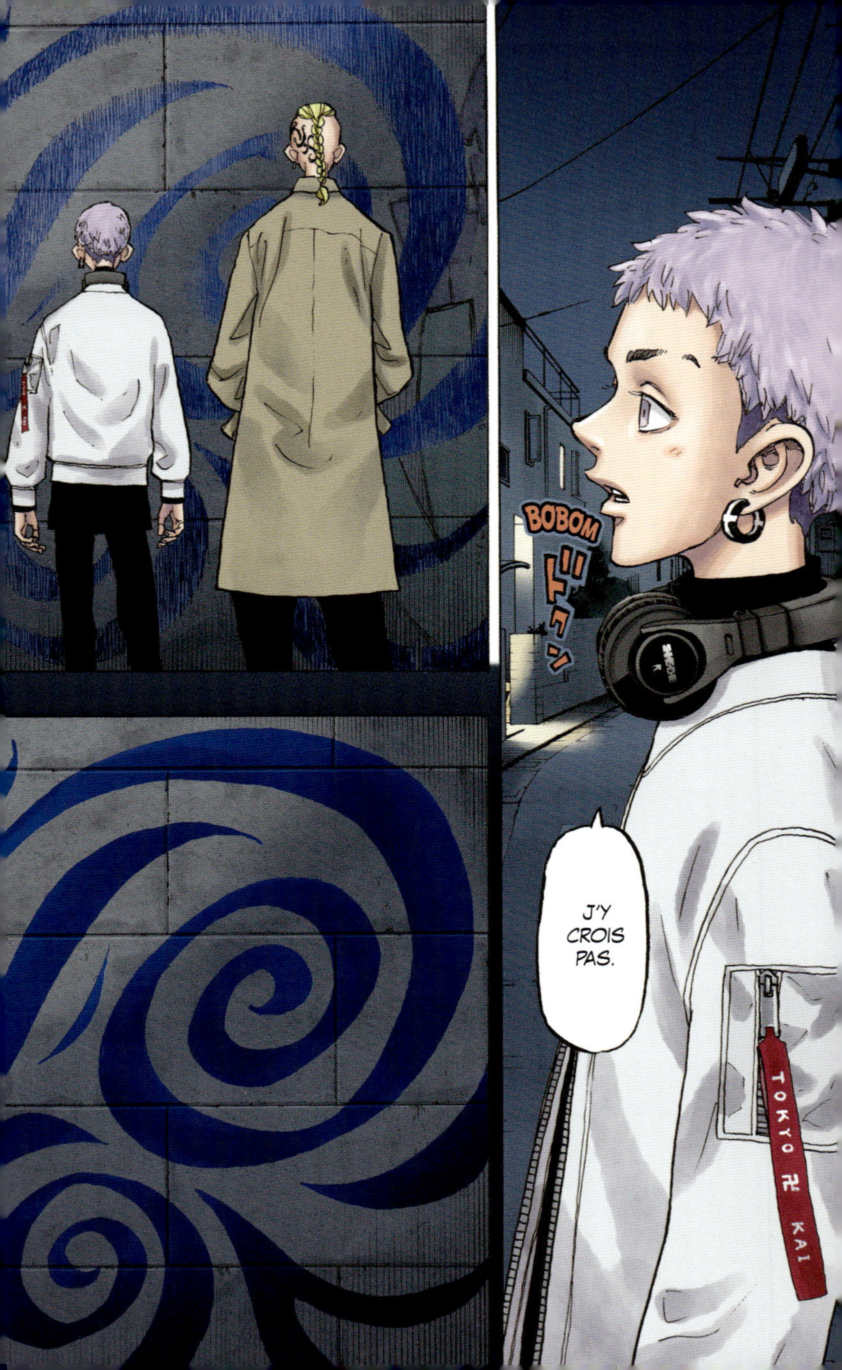
BOBOM
ドドン
J'Y CROIS PAS.
TOKYO 卍 KAI

シュー…
PSHUUU

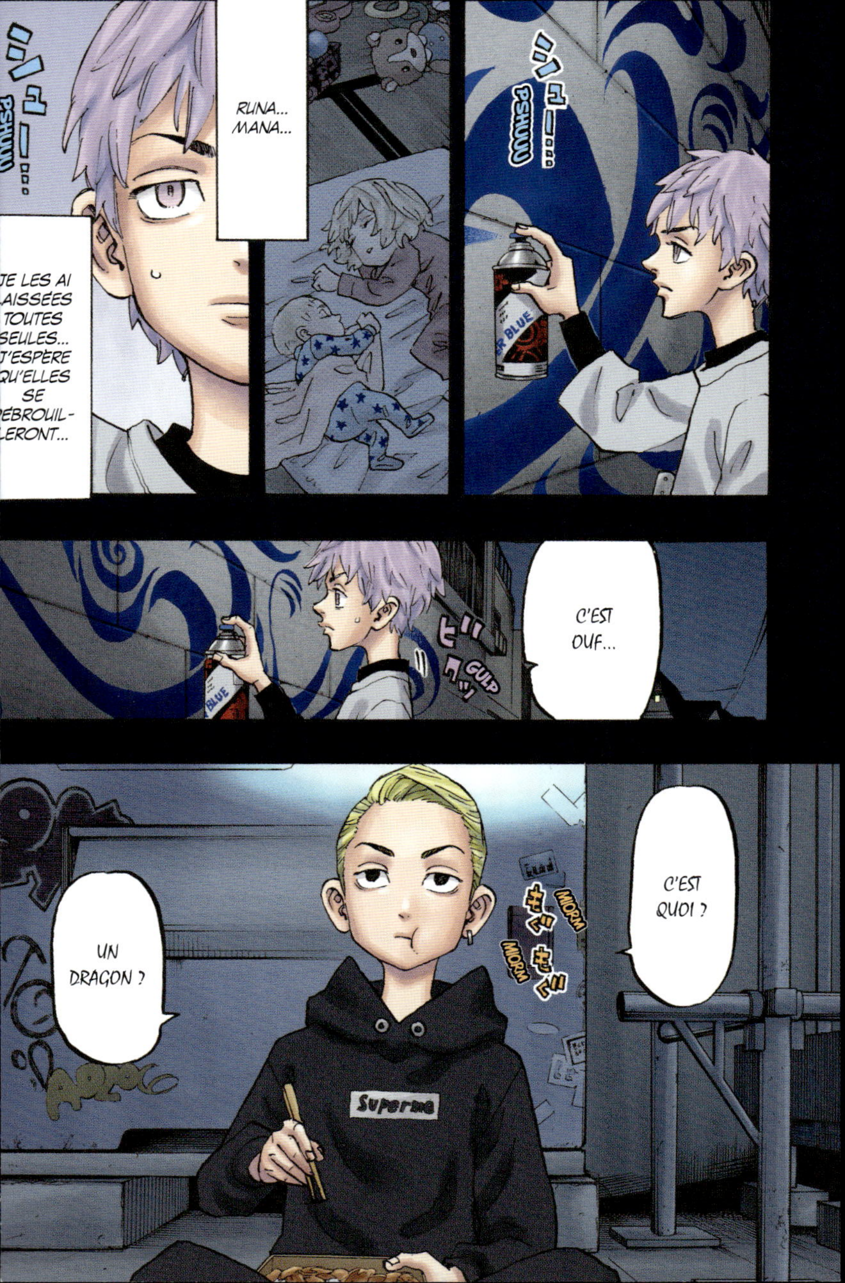
PSHUUU
RUNA... MANA...
PSHUUU
JE LES AI LAISSÉES TOUTES SEULES... J'ESPÈRE QU'ELLES SE DÉBROUILLERONT...
C'EST OUF...
GULP
C'EST QUOI ?
MIOAM
MIOAM
UN DRAGON ?
Superme

T'ES LÀ DEPUIS LONGTEMPS ?!
WUSH
MOUAIS, JE TE REGARDE DEPUIS LE DÉBUT.
...
EUH...
UNE CAILLERA !!
IL PORTE UNE BOUCLE D'OREILLE, À SON ÂGE ?
?
TU VEUX DU RIZ AU BŒUF MARINÉ ?
...
GRRRUIC
HA HA HA !
POSE-TOI.
MOI, C'EST KEN RYUGUJI.
ET TOI ?
...
MIORM
MIORM
TAKASHI MITSUYA.

QU'EST-CE QU'UN GAMIN COMME TOI FOUT DEHORS ?
TES DARONS DOIVENT S'INQUIÉTER, NON ?
ET TOI, ALORS ? T'ES PAS UN GAMIN, PEUT-ÊTRE ?
ME PRENDS PAS DE HAUT.
MIORM
MIORM
HEIN ? T'AS TOUT BOUFFÉ ?
DÉSOLÉ...
J'AI RIEN AVALÉ DEPUIS CE MATIN.
OK.
FSH
TU ME FILES TON GRAFF, ALORS !
BAM
HEIN ?

JE TE L'ÉCHANGE CONTRE MON RIZ AU BŒUF, OK ?!
DOM
HEIN ?
TU VEUX QUE JE TE LE FILE ?
VIENS, ALLONS CHEZ MOI !
HEIN ?
T'AS RIEN D'AUTRE À FOUTRE, PAS VRAI ?
JE SUIS PAS SÛR QUE CE SOIT UNE BONNE IDÉE DE LE SUIVRE...
IL A L'HABITUDE DE FAIRE CE QU'IL VEUT, ON DIRAIT...
HEIIIN ?!
C'EST ICI, CHEZ TOI ?!
CE GENRE D'ENDROIT EST POUR LES ADULTES !
SHAC
ARRÊTE DE GUEULER, SALE MIOCHE !
TOI, TA GUEULE !!
ON T'A DÉJÀ DIT DE PAS RAMENER TES POTES !

TU PEUX ALLER M'ACHETER UN TRUC, KENNYCHOU ?
NAN, J'AI PAS LE TEMPS.
TU SAIS QUOI, KENNYCHOU ? TOUT À L'HEURE, UN CLIENT A...
PLUS TARD.
ON FAIT UN POKER, KENNY-CHOU ?
DANS QUEL ENDROIT J'AI ATTERRI ?!
JE CROYAIS QU'ON ALLAIT CHEZ LUI...
BAM
ET HOP ! FULL HOUSE !!
IL EST BALÈZE, LE PETIT !!
N'IMPORTE QUOI ! DEPUIS QUAND ON JOUE AVEC LE JOKER ?!
IL LE SORT SANS ARRÊT !
HI HI HI...
HA HA HA ! BIEN OUÈJ', MITSUYA !!
ON A GAGNÉ UN MAX DE THUNES !
POUR LA PEINE, ÇA SERA TON SURNOM, MAINTENANT !

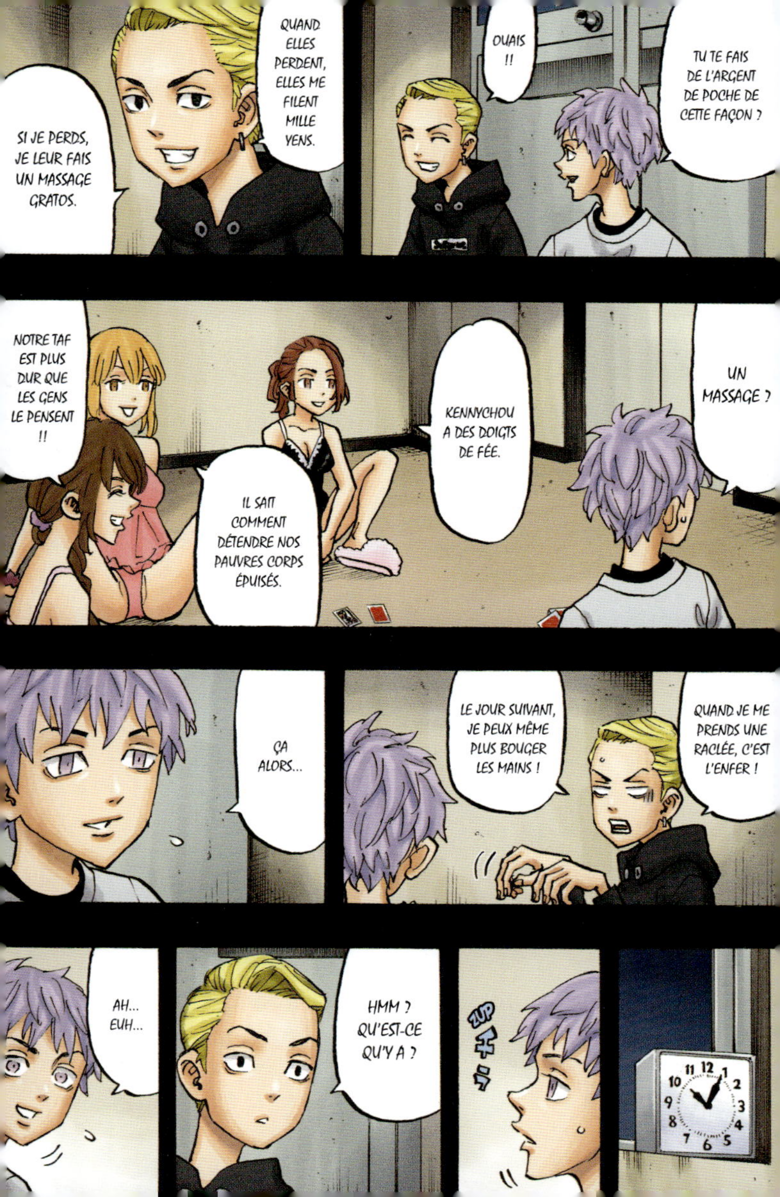

TU TE FAIS DE L'ARGENT DE POCHE DE CETTE FAÇON ?
OUAIS !!
QUAND ELLES PERDENT, ELLES ME FILENT MILLE YENS.
SI JE PERDS, JE LEUR FAIS UN MASSAGE GRATOS.
UN MASSAGE ?
KENNYCHOU A DES DOIGTS DE FÉE.
IL SAIT COMMENT DÉTENDRE NOS PAUVRES CORPS ÉPUISÉS.
NOTRE TAF EST PLUS DUR QUE LES GENS LE PENSENT !!
QUAND JE ME PRENDS UNE RACLÉE, C'EST L'ENFER !
LE JOUR SUIVANT, JE PEUX MÊME PLUS BOUGER LES MAINS !
ÇA ALORS...
ZUP
HMM ? QU'EST-CE QU'Y A ?
AH... EUH...

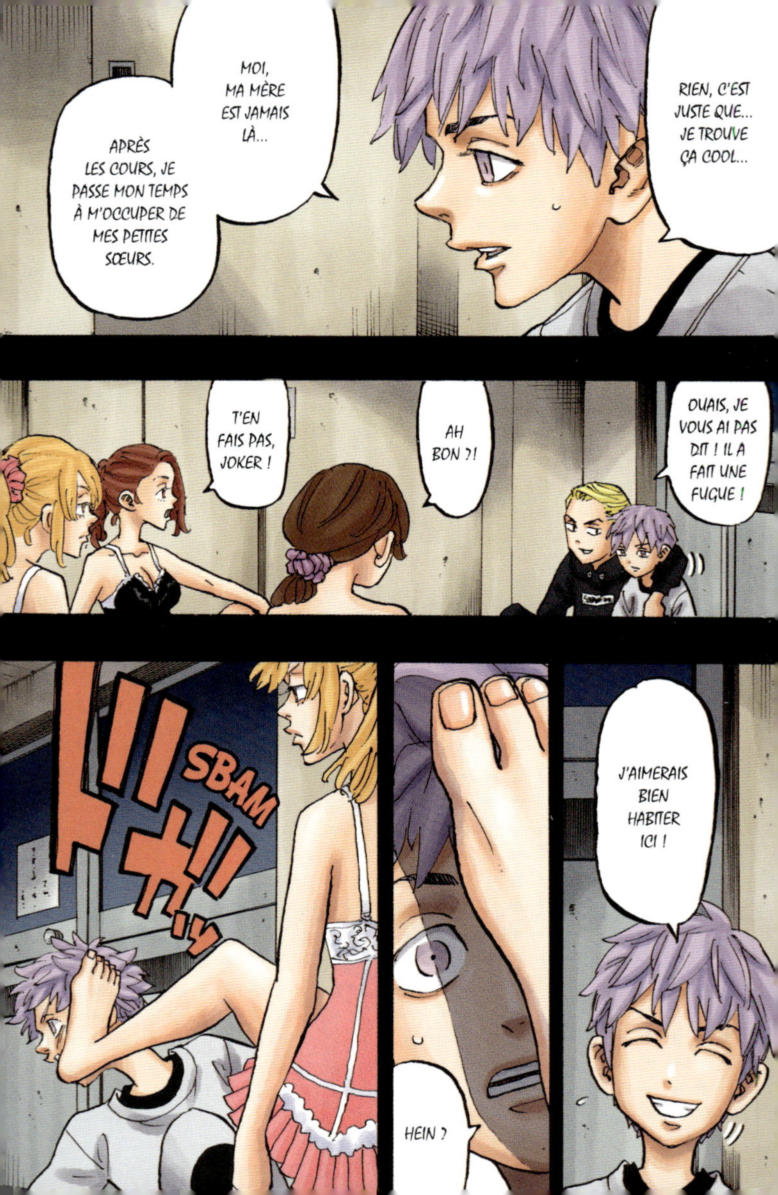

RIEN, C'EST JUSTE QUE... JE TROUVE ÇA COOL...
MOI, MA MÈRE EST JAMAIS LÀ...
APRÈS LES COURS, JE PASSE MON TEMPS À M'OCCUPER DE MES PETITES SŒURS.
OUAIS, JE VOUS AI PAS DIT ! IL A FAIT UNE FUGUE !
AH BON ?!
T'EN FAIS PAS, JOKER !
J'AIMERAIS BIEN HABITER ICI !
HEIN ?
SBAM

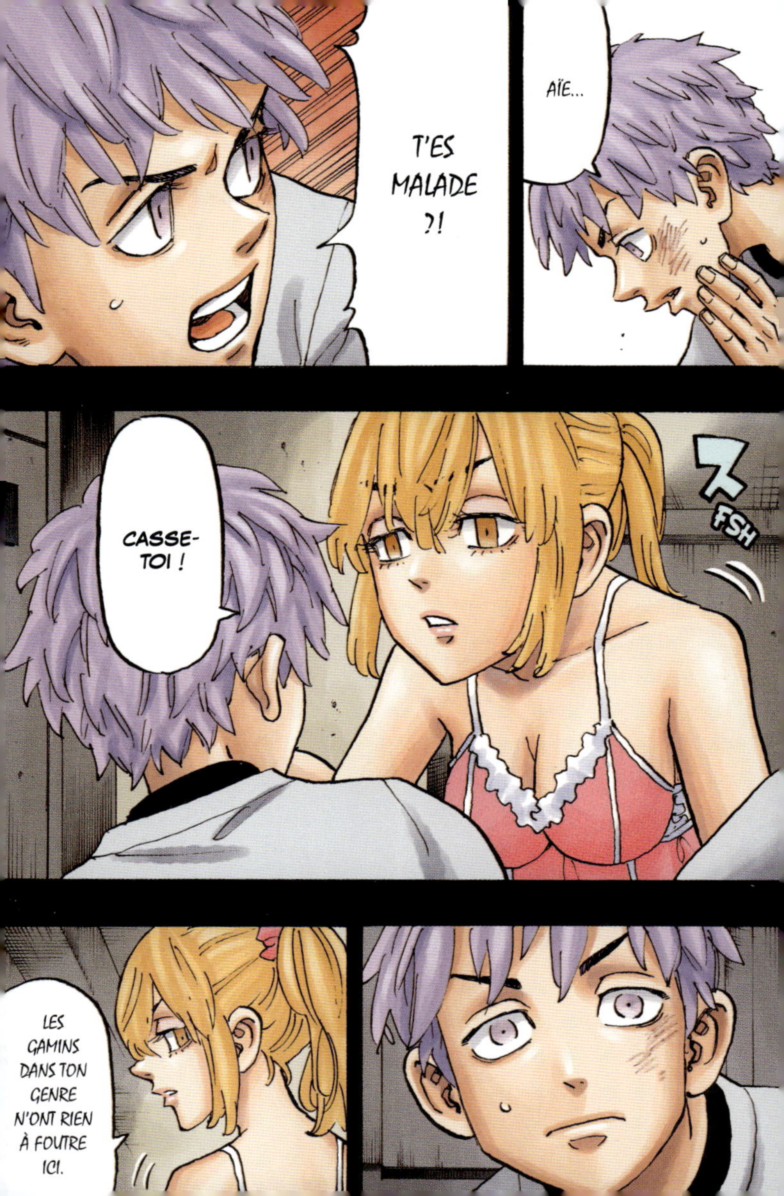
AÏE...
T'ES MALADE ?!
CASSE-TOI !
LES GAMINS DANS TON GENRE N'ONT RIEN À FOUTRE ICI.
FSH

TSS...
C'EST QUOI, SON PROBLÈME ?
DÉSOLÉ, MITSUYA.
MAIS TU SAIS...
CES FILLES VIVENT PAS LÀ PAR PLAISIR.
...
?
TU KIFFES LA CUISINE DE TA DARONNE ?
HEIN ?
JE SUIS PLUS DOUÉ QU'ELLE.
COMME ELLE PRÉPARE RAREMENT À BOUFFER, C'EST DÉGUEU.
DONC NON, JE KIFFE PAS...
AH BON ...

*Karaoké

T'AS DE LA CHANCE !
HEIN ?
T'AS ENTENDU CE QUE J'AI DIT ? SA CUISINE EST DÉGUEU.
MOI, J'AI PLUS DE PARENTS.
J'AIMERAIS TROP POUVOIR DIRE QUE LA BOUFFE DE MA DARONNE EST DÉGUEU.
!

RENTRE CHEZ TOI, MITSUYA.
AU FOND DE TOI, T'ES MORT D'INQUIÉTUDE POUR TES FRANGINES.
PAS VRAI ?
!
C'EST MARQUÉ EN GROS SUR TA GUEULE !
T'ES UN MEC BIEN, TOI.

T'ES PAS FAIT POUR ÊTRE UNE CAILLERA.
*Shibuya Center-Gai
À PLUS ...
C'ÉTAIT COMME S'IL LISAIT EN MOI...
Un mois plus tard
PUTAIN ! JE T'AI CHERCHÉ PARTOUT, KEN RYUGUJI !!
MITSUYA ?
QU'EST-CE QUE...

UN JOUR, JE SERAI TON ÉGAL.
VOILÀ LA PREUVE DE MA DÉTERMINATION.
MAIS JE CONTINUERAI AUSSI À VEILLER SUR MA FAMILLE !!
DOM
HEIN ?
DOM

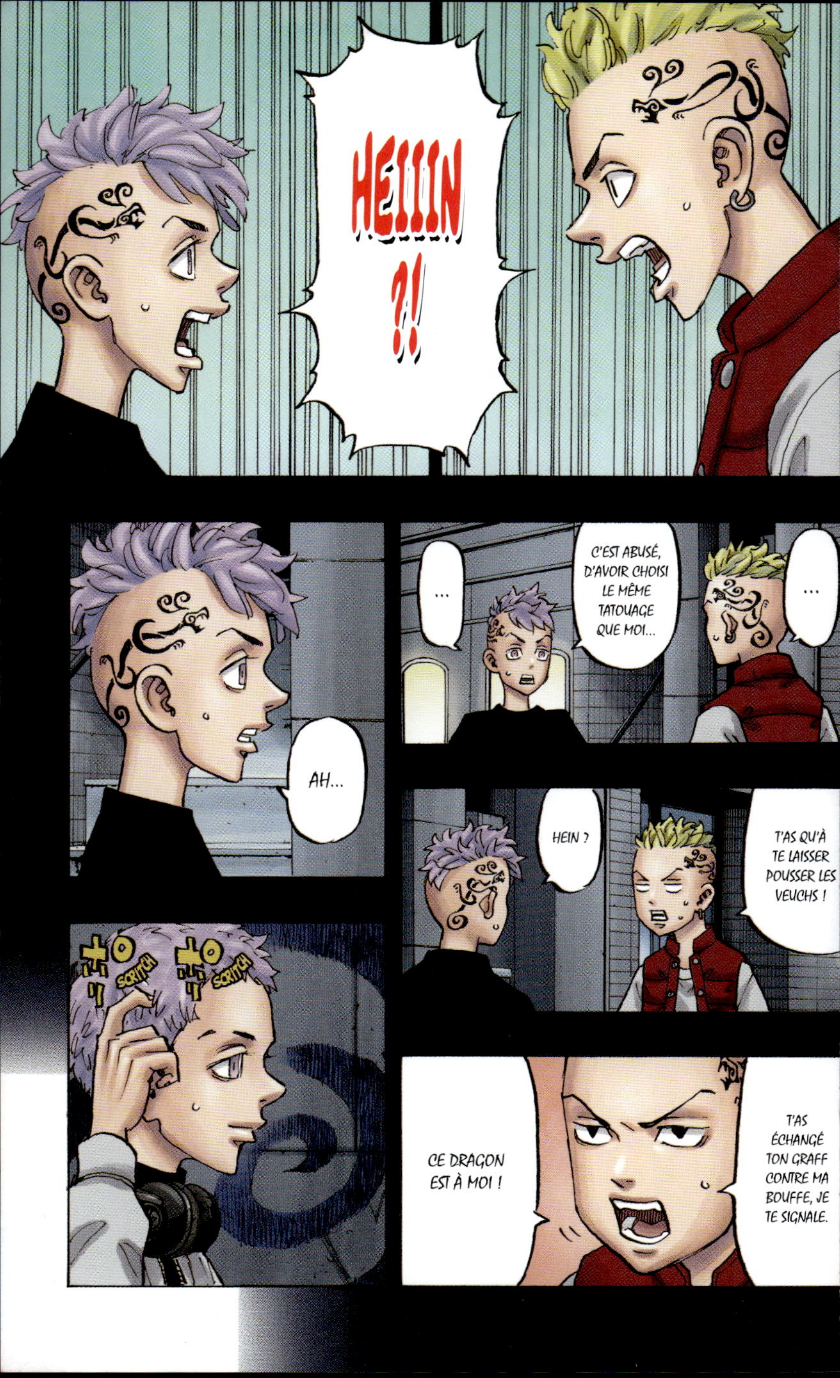
HEIIIN ?!
...
C'EST ABUSÉ, D'AVOIR CHOISI LE MÊME TATOUAGE QUE MOI...
...
AH...
T'AS QU'À TE LAISSER POUSSER LES VEUCHS !
HEIN ?
SCRITCH
SCRITCH
T'AS ÉCHANGÉ TON GRAFF CONTRE MA BOUFFE, JE TE SIGNALE.
CE DRAGON EST À MOI !

LA TEAM DOUBLE DRAGON...
DEPUIS CETTE ÉPOQUE, J'AI TOUJOURS MARCHÉ DANS LES PAS DE DRAKEN...

123e épisode [You're not my type]

TU SAIS, MAMAN... EN FAIT, J'AVAIS COMPRIS...
JE SAVAIS CE QUE TU RESSEN-TAIS.
ALLEZ, VENEZ ICI !!
佐野道場

*Dojo Sano

SHIN'ICHIRO !!
IL A UNE SACRÉE VOIX, PAPY.
MANJIRO !!
EMMA !!
À PARTIR D'AUJOURD'HUI, VOUS ÊTES FRÈRES ET SŒUR, C'EST COMPRIS ?!

HEIN ?
JE CROYAIS QU'ELLE ÉTAIT ÉTRANGÈRE, MOI.
VU SON PRÉNOM BIZARRE...
BOM
VOUS AVEZ INTÉRÊT À ÊTRE GENTILS LES UNS AVEC LES AUTRES !!
AÏEUH !!
HA HA...
TU COMPRENDS RIEN AUX FEMMES, MANJIRO.

VIENS, EMMA ! TON GRAND FRÈRE T'EMMÈNE EN BALADE !
JE SAIS QUE JE SUIS BEAU GOSSE, MAIS ESSAYE DE PAS TOMBER AMOUREUSE DE MOI !
ELLE EST BIZARRE, TA COUPE.
HEIN ?
GLOUPS
PFFFRT !
COMMENT ELLE T'A CALMÉ !
TU COMPRENDS RIEN AUX FEMMES, SHIN'ICHIRO.
TA GUEULE !!

YAAAH !!
YAAAH !!
YAAAH !!
YAAAH !!
WUSH
STOP ! ON S'ARRÊTE LÀ POUR AUJOURD'HUI !!
KEISUKEEE !!
T'AS DES APPUIS SOLIDES, POUR UN GAMIN.
SHIN'ICHIRO !!
GUEULE PAS COMME ÇA !

SHIN'ICHIRO !!
CE VAURIEN PASSE SON TEMPS À FAIRE DES BÊTISES ET NE VIENT JAMAIS AU DOJO.
NE PRENDS PAS EXEMPLE SUR LUI, KEISUKE !!
T'ES DOUÉ.
ZWIP
D... D'ACCORD, MAÎTRE !!
DADAM
DAM

STAP
DAM

TOM
HO !
DAM
J'Y CROIS PAS...

MAÎTRE... POURQUOI MANJIRO EST AUSSI FORT...
ALORS QU'IL S'ENTRAÎNE PRATIQUEMENT JAMAIS ?
LUI, C'EST UN GÉNIE.
DOOOM
HEIIIN ?! MAIS C'EST PAS JUSTE !
C'EST NORMAL, C'EST MON PETIT-FILS.
DOOOM
HÉ, SANO !!
ENTRAÎNE-TOI AVEC MOI !!
HEIN ? C'EST MORT, J'AI PAS ENVIE DE TRANSPIRER.
POURQUOI T'ES LÀ, ALORS ?
POUR VOUS MONTRER MON TALENT.
J'AIME ÊTRE ADMIRÉ !!
ÇA VA, LES CHEVILLES ?!

FSH
AU FAIT, C'EST QUI, LA GAMINE ?
EMMA.
MA FRAN-GINE.
HEIN ?
ÇA ALORS ...
VOUS AVEZ PAS LA MÊME MÈRE ?
EMMA... ON DIRAIT UN PRÉNOM ÉTRANGER...
ON EST D'ACCORD !!
ILS SONT AUSSI DÉBILES L'UN QUE L'AUTRE.

MOI, JE M'APPELLERAI ED.
どんっ
DOM
ET MOI...
どんっ
DOM
MIKEY !
THIS IS A PEN.
I HAVE BIG CACA.
OH MY GOD !
OH MY GOD !!
DAM DAM DAM DAM DAM
ケラ ケラ ケラ ケラ
WARF WARF WARF WARF
EN FAIT...
J'AI COMPRIS...

JE SAIS CE QUE RESSENT MA MAMAN.
ELLE ME DÉTESTE.
...
C'EST POUR ÇA QU'ELLE M'A ABANDONNÉE.
J'EN SUIS SÛRE.
PLIC
PLIC
MAIS...
VOUS SAVEZ QUOI ?

ELLE M'AVAIT JURÉ DE REVENIR !
PLIC
PLIC
ELLE ME L'AVAIT PROMIS !!

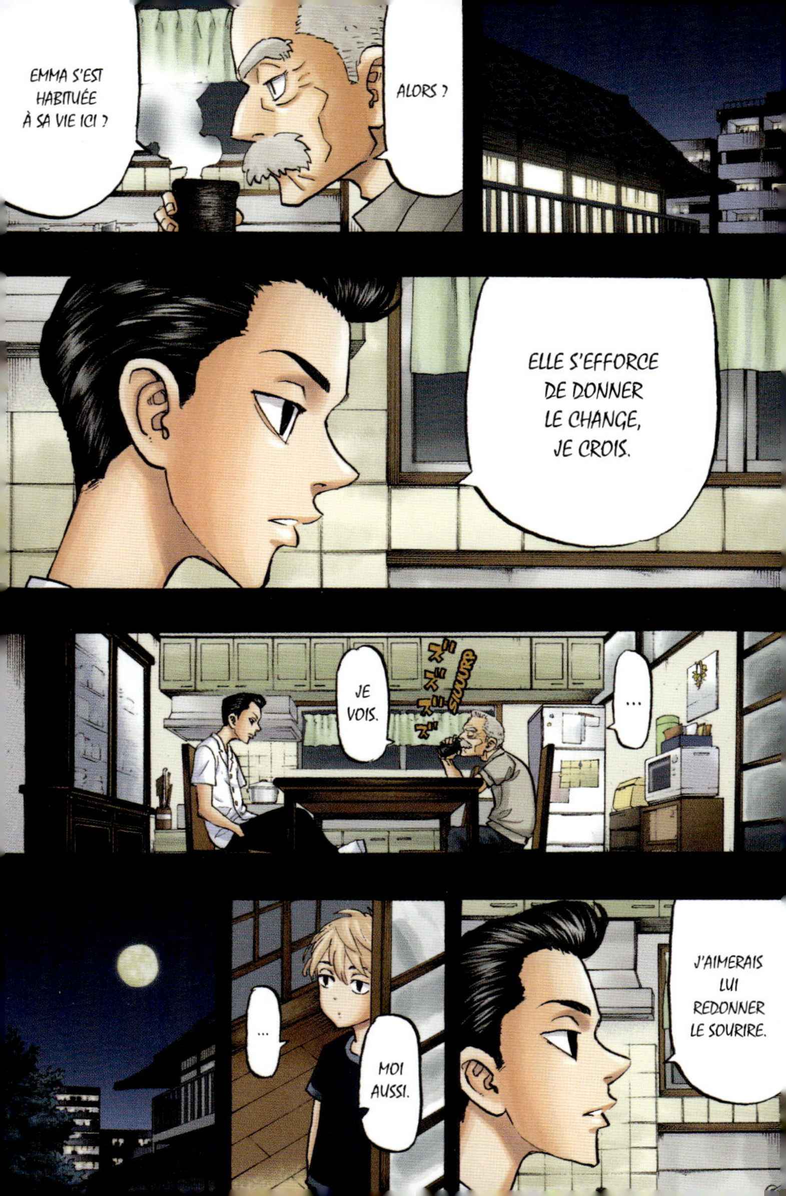
ALORS ?
EMMA S'EST HABITUÉE À SA VIE ICI ?
ELLE S'EFFORCE DE DONNER LE CHANGE, JE CROIS.
...
SLUUURP
JE VOIS.
J'AIMERAIS LUI REDONNER LE SOURIRE.
MOI AUSSI.
...

WUSH
YAAAH !!
WUSH
YAAAH !!
YAAAH !!
TU T'Y PRENDS COMME UN PIED !
HAA
HAA
TU VEUX QUE JE T'ENTRAÎNE ?
HMF !

À PARTIR D'AUJOURD'HUI, JE SERAI MIKEY.
HEIN ?
...
SI JE M'APPELLE COMME ÇA...

T'AURAS PLUS À ROUGIR DE TON PRÉNOM, PAS VRAI ?
À PARTIR DE MAINTENANT, JE M'APPELLERAI MIKEY.
EMMA.
TU COMPRENDS VRAIMENT RIEN AUX FILLES...

JE M'EN FICHE, DE MON PRÉNOM !
AH !
ELLE SOURIT...
TOMBE P AMOUREU DE MOI HEIN ?
T'ES BÊTE.
SHIN'ICHIRO ET TOI, VOUS ÊTES PAS MON TYPE.
MAIS...

TAP タッ
TAP タッ
PARDON ! T'ES ARRIVE DEPUIS LONG-TEMPS ?
TAP タッ
TAP タッ
Ronald's Hamburger
DEPUIS CE JOUR, JE NE ME SUIS PLUS JAMAIS SENTIE SEULE !

TOKYO Revengers

SIDE STORIES1

SO YOUNG

FIN

TOKYO REVENGERS FULL COLOR SHORT STORIES

First published in Japan in 2022 by Kodansha Ltd., Tokyo.
Publication rights for this French edition arranged
through Kodansha Ltd., Tokyo.

Édition française

Traduction : Aurélien Estager
Correction : Thomas Lameth
Lettrage : Aq

Éditions Glénat
Couvent Sainte-Cécile – 37, rue Servan – 38000 Grenoble
ISBN : 978-2-344-06119-0
Dépôt légal : mai 2024

Imprimé en Italie en mai 2024 par L.E.G.O. S.p.A.,
sur papier provenant de forêts gérées de manière durable

www.glenat.com